nuncaseolvida

nuncaseolvida

ESCRITO POR **Alejandra Algorta**

ILUSTRADO POR **Iván Rickenmann**

LQ

MONTCLAIR · AMSTERDAM · HOBOKEN

Este es un libro de Em Querido

Publicado por Levine Querido

LQ

www.levinequerido.com • info@levinequerido.com

Los libros de Levine Querido son distribuidos por Chronicle Books LLC

Copyright del texto © 2019 de Alejandra Algorta

Copyright de las ilustraciones © 2019 de Iván Rickenmann

Publicado originalmente en Colombia por Babel Libros

Todos los derechos están reservados

Library of Congress Control Number: 2021932342

ISBN 978-1-64614-094-7

Impreso y encuadernado en China

Publicado en agosto de 2021

PRIMERA IMPRESIÓN

nuncaseolvida

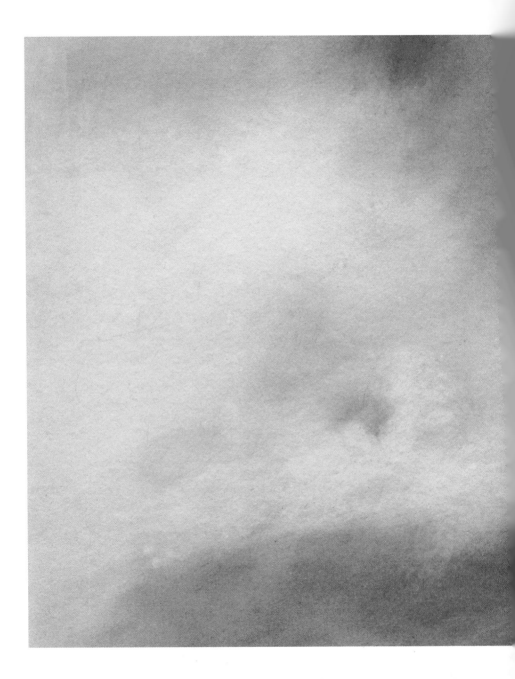

. . . y si al hablar cometo
los errores de todos,
me digo: soy de aquí,
no me ensuciaste en vano.
Fabio Morábito

El día en que Fabio olvidó hacía un sol inclemente.

S U CUERPO DEJÓ DE HACER lo que ya tantas veces había hecho, y ahora sus rodillas no hacen sino raspar el suelo. Sus padres le han dicho que el cuerpo no olvida. Que no se puede perder lo que se aprende con la piel, la forma en la que caminamos, bailamos, corremos. Está ahí en el cuerpo (la distancia con la que el tenedor debe entrar a la boca para no chocar contra los dientes) y lo que el cuerpo sabe lo sabe para siempre. Pero Fabio olvidó cómo montar en bicicleta y ahora cree que sus padres le mienten.

Y no es que sea una persona olvidadiza, Fabio recuerda todos los números de teléfono de las casas en las que su mamá ha trabajado, recuerda el precio de cada boleto de bus de los últimos tres años. Fabio recuerda, incluso, cosas que escucha y no entiende, como *velocidadesigualadistanciadivididatiempo* o *máseperdióeneldiluvioynadaeramío*. Fabio, sin embargo, olvidó cómo se monta en bicicleta.

Fabio nunca se ha sentido diferente. No es el más bajo ni el más alto de su clase; tampoco el más gordo ni el más flaco. En el barrio no le han puesto ningún apodo y nunca le ha hecho falta nada importante. Parece un niño común y corriente. Tiene los ojos color miel y la piel color árbol. No, su piel no es color árbol, es de un color amarillento que quiere ser marrón, como quien era color árbol y perdió la corteza. Fabio también ha perdido ese pequeño lugar del cerebro en el que se aloja la memoria de los que aprendieron a montar en bicicleta. Es una piedrita en la parte de atrás de la cabeza justo arriba de la nuca. Ahí, en esa piedrita, el cuerpo guarda lo que nunca se olvida. A veces Fabio se toca con la yema de los dedos el lugar donde debía estar la piedrita y siente un hueco.

Tal vez olvidó porque aprendió un miércoles. Los niños en Bogotá suelen aprender a montar en bicicleta los domingos, pero el papá de Fabio no puede enseñarle a montar en bicicleta ese día, porque los domingos el papá de Fabio trabaja. Roberto maneja un bus y se parece mucho a Fabio. Es un poco más gordo, un poco más grande y un poco más serio. Hay que ser muy serio para manejar buses en una ciudad como Bogotá, sobre todo en estos tiempos en los que el movimiento es un negocio y ya nadie deja trabajar a nadie. Pero esas son solo cosas que Fabio le escucha a su papá y que en realidad no entiende muy bien. Lo que Fabio sí entiende es que las personas necesitan moverse para vivir y que Roberto, su padre, se asegura de que puedan moverse por la ciudad sin mayores problemas. La ventaja de tener un trabajo tan importante como este es que el papá de Fabio es una de las pocas personas que sabe qué tan grande es Bogotá y cuánto crece cada día (de 30 centímetros a 10 cuadras). La desventaja es que Roberto solo pudo enseñarle a su hijo a montar en bicicleta un miércoles, el único día de la semana en el que lo que se aprende se olvida.

O quizás se olvidó porque la bicicleta era color salmón. La madre de Fabio, que se llama Ana y tiene las manos más suaves de la ciudad, hizo un trato con el verdulero del barrio y le cambió la bicicleta usada de su hija por ocho bolsas de roscas. La bicicleta fue siempre color salmón, con cintas brillantes y brillo en el manubrio. La madre de Fabio cortó las cintas del manubrio aquel terrible miércoles, cuando Roberto, su esposo, le dijo:

—Fabio no va al colegio hoy. Voy a enseñarle a montar esa bicicleta.

O de pronto olvidó porque nunca montó con rueditas. Tanto a Roberto como a Ana les parecía tonto enseñarle a Fabio a andar en bicicleta con rueditas para después tener que enseñarle a andar sin ellas. Además, para Roberto, que su hijo empezara a montar en bicicleta sin rueditas compensaba el hecho de que su bicicleta fuera color salmón. Fabio no entiende la vergüenza que siente su padre hacia el color salmón. Y no tiene nada que ver con que la memoria de los peces (salmones, pargos y boquerones) dure apenas diez segundos, el mismo tiempo que a Fabio le tomó olvidar.

Roberto siente vergüenza porque para él el color

salmón es de las mujercitas, y el color cielo de los

varoncitos. Su mundo se divide entre niños y niñas, y las

cosas que a cada uno pertenecen: salmones para las

niñas, tiburones para los niños, cielo para los niños,

tierra para las niñas, pantalones para los niños, faldas

para las niñas, sopa para las niñas, guisado para los

niños. En todo caso, desde el día en que aprendió a

montar, la bicicleta dejó de pertenecer a los niños y niñas

del mundo, fue de Fabio, y nunca dejó de ser color

salmón.

—Vístete, Fabio. Si vas a montar en una bicicleta de

niña, lo vas a hacer como un varón—le dijo su papá aquel

miércoles en el que, contra todo pronóstico, Fabio aprendió

a andar en bicicleta.

—¿Listo?

—Listo.

Con la mano izquierda Roberto sostiene el manubrio y

con la derecha el sillín de la bicicleta. No han empezado a

moverse y Fabio ya siente la imposibilidad de que la bicicleta se mantenga en pie sin el apoyo de su padre.

—Mientras pedalees no te vas a caer. Pedalea tranquilo y agárrate con fuerza.

Con sus piernas de elefante Roberto empieza a correr, no puede ser tan fácil, es un engaño, es una gran broma cósmica. Fabio inhala y exhala con rapidez, piensa *confío* y elige confiar en su padre, piensa *yo puedo* y puede. Después de todo, el trabajo de su papá es hacer que la gente se mueva. Si su papá transporta a la gente de un lado a otro de la ciudad con seguridad, logrará que él se mueva de un lado al otro de la cuadra.

—Papá, no me vayas a soltar.—A Fabio se le derriten las rodillas del miedo.

—Si no te suelto, no aprendes—le dice su papá.

—No me vayas a soltar.

—No te suelto.

—¿No me sueltas?

—Aunque te suelte no te suelto.

Fabio pedalea, la bicicleta va cada vez más rápido y la calle se hace cada vez más corta. Los vecinos salen de sus casas con ganas de ver a Fabio caer. Roberto suelta la bicicleta. Fabio no entiende.

—¡Pedalea!—le grita su papá.

—¡Pedalea, Fabio!—gritan entretenidos los vecinos.

El manubrio tiembla, la rueda delantera se mueve como si quisiera volar libre sin las ataduras de metal. Fabio pedalea y apoya todo su peso en el manubrio. Es un tubo de hierro apoyado sobre otro tubo encadenado a dos ruedas. ¿Cómo es posible que una máquina tan delgada soporte todo su peso y se mueva así?

La calle se acaba. Fabio ya no escucha nada y sabe que debe voltear hacia la izquierda. Deja de pedalear y la bicicleta aún planea sobre el concreto. Fabio aprieta el manubrio y lo gira lentamente hacia la izquierda. Ya está, otra calle al frente, de nuevo la ciudad. Vuelve a pedalear y crece, Fabio crece junto a su bicicleta y ya no puede crecer más y a la vez ser tan liviano. Su barrio es diminuto y él es enorme: el gran Fabio que con su bicicleta salmón logra sobrevolar la ciudad.

Desde ese día Fabio ya no fue Fabio, piel color árbol, común y corriente. Ahora era Fabio el de la bicicleta, Fabio veloz, Fabio ¿te vas?, Fabio te has ido. Y al igual que la gente que su padre movía de un lado a otro de la ciudad, ahora también Fabio necesitaba moverse para vivir.

Y así, viviendo, Fabio y su bicicleta se conocieron como solo se pueden conocer dos partes de un mismo cuerpo. Fabio sabía la distancia exacta entre su mano y la palanca de freno, la bicicleta sabía cuándo Fabio iba a girar (porque tensionaba las rodillas hacia adentro). Los dos sabían a qué velocidades era seguro que Fabio soltara el manubrio, la bicicleta se convertía en una ola que llevaba a Fabio mientras él alzaba los brazos y sentía el viento. Ella sabía que la debilidad de Fabio estaba en la parte de atrás de sus rodillas, y Fabio sabía que a la bicicleta le sobraban dos tornillos que salían de la rueda trasera, pero se querían igual. La bicicleta era única: desde que Fabio pudo mantener el equilibrio y controlar el aire, transitar la ciudad que se abría ante él, la bicicleta fue suya. Aunque fuera color salmón y aunque su madre hubiera cortado esas cintas moradas del manubrio aquel miércoles en la mañana que ya iba quedando tan lejos.

Fabio creció montado en su bicicleta, le crecieron las piernas, que se hicieron flacas pero fuertes; crecieron también los ojos, que ahora podían ver más; los oídos se volvieron más agudos; las manos llenas de callos ahora tenían la firmeza del roble. Pero así como las piernas, también crecieron los miedos. Fabio sabía que había momentos en los que debía pedalear con fuerza para huir del peligro, de los callejones oscuros y vacíos. Fabio nunca fue un niño cobarde, pero siempre sintió en el cuerpo cuándo era momento de huir, algo que en las ciudades como Bogotá a veces es justo y necesario, (en verdad es justo y necesario).

El barrio en el que vivía Fabio había estado siempre lleno de polvo. Su mamá decía que era porque estaba en construcción. Y como para construir tenían que destruir, el polvo era el recuerdo de las cosas que había antes y que ahora esperaban convertirse en cosas nuevas. Nacida de todos los planes fallidos, Bogotá era un monstruo de polvo con hambre de más.

Dice Ana que el barrio de Fabio solía ser un pueblo en las afueras de la ciudad, pero el monstruo fue creciendo y se comió este pueblo y otros más, que terminaron siendo parte de él. Las calles se inclinaban en la falda de un cerro, y lo que antes solía ser amplio e iluminado se hizo cada vez más estrecho y oscuro. Pero eso no era culpa del monstruo, era culpa de la gente que tenía hijos que a su vez tenía más hijos, culpa de las personas a las que no les bastaba con tener una familia y necesitaban dos o tres, culpa de los obreros que para ser mejores obreros tenían que practicar y expandir su casa.

"Echar plancha", le llaman, y Fabio se imagina a todos sus vecinos trayendo planchas y alisando el techo de la casa para que quede sin ninguna arruga, ahora que va a crecer. Donde había un río ahora hay una calle agrietada y los vecinos traen ollas y botellas llenas para ver y celebrar el nacimiento del nuevo piso. Crece la casa y el barrio y la ciudad. Ahora ya nadie se pregunta quién es ese monstruo llamado Bogotá y quién es el culpable de que crezca tanto.

En el barrio de Fabio han echado tanta plancha que las plantas casi no encuentran luz para crecer, lo cual hace que el polvo se vea más polvo y el frío sea más frío. Por suerte está el parque, en el que el pasto crece libre porque no hay casi ninguna sombra. El parque solía ser un potrero abandonado y cuando la ciudad empezó a crecer se volvió el único pedazo del barrio en el que crecía salvaje el verde, entonces decidieron dejarlo ser y llamarlo parque.

Casi todo en el barrio de Fabio está inclinado, sube y baja con la curvatura del cerro en el que reposa. Si alguien se deja caer colina abajo, llega al antiguo cementerio, un terreno enorme que ahora sirve de estacionamiento para los buses de Bogotá, que reposan ahí cuando no están moviéndose por la ciudad.

Extrañamente para Fabio, el barrio que recorría en su bicicleta era mucho más iluminado, más cálido, más fugaz, más suave, más pájaro que jaula. Al ir en su bicicleta el polvo bailaba con él, se levantaba por los aires con violencia solo para encontrar que él se había ido. Nada podía alcanzarlo, hasta las esquinas más sucias y oscuras de

Bogotá se levantaban como olas de polvo al verlo pasar.
Fabio sabía escapar, su hogar estaba siempre a un pedal de
distancia.

Tan pronto como Fabio dejó de caminar (y dejó de
caminar porque su único medio de transporte era su
bicicleta), otros niños y niñas como él empezaron a
seguirlo. Atraídos por los rumores de los vecinos que
hablaban de Fabio, mitad niño mitad bicicleta, capaz de
pedalear dormido, capaz de controlar las ruedas con su
mente, la jauría de niños-bicicleta encontró a su líder.
Dicen: *Fabio no tiene casa, con su bicicleta le basta.* Dicen
Fabio es de caucho, ninguna caída lo puede romper. Dicen
Fabio es hijo de Hécate, la diosa de la rueda. Dicen *los pies de
Fabio, nunca, pero nunca, han tocado el suelo.*

En secreto, Fabio también le temía a esa jauría de niños
que lo seguía sin descanso. A Pablo, a Carmen, a Alex, a
Guadalupe y a Fran que sin ninguna preocupación
embestían las calles en estampida. Ellos eran capaces de

hacer todo tipo de pruebas, ellos sí que no le tenían miedo a nada. Sus bicicletas podían ser cualquier animal, uno de los caballos de Gengis Kan, un tigre de Bengala, el último dinosaurio que sobrevivió a la extinción. Fabio siempre fue el más rápido y si bien esto hacía que lo siguieran, también hacía que con un pequeño esfuerzo pudiera dejar a la jauría atrás.

Y así, como si con el pedalear de la bicicleta se aceleraran también los días, pasaron tres años enteros. Tres años en los que, para corroborar los rumores del barrio, los pies de Fabio casi no tocaron el suelo.

Con la certeza de poder huir, Fabio era invencible, así fueran muy pocas las ocasiones en las que de hecho huía. Pero solo por si acaso, Fabio iba al colegio en bicicleta, regresaba en bicicleta y repartía el pan que hacía su mamá entre los vecinos del barrio.

Ana decía que no era panadera, pero que podría serlo de haberlo querido. Hacía un pan casi tan suave como sus manos. Fabio siempre pensó que su madre era panadera, así dijera que no lo era. ¿Qué hace que un panadero sea un panadero? Él no creía posible que Ana pasara toda la vida haciendo pan sin que la pudieran llamar panadera, pero a ella no le gustaban esas etiquetas.

Antes de hacer pan, Ana había pasado años limpiando y cocinando en las casas de las personas que no saben ni limpiar ni cocinar. La última casa en la que estuvo pertenecía a una señora muy elegante a la que se le salían las lágrimas de los ojos cuando comía pan con aguacate. A Ana no le molestaba que la señora llorara cuando comía pan, le molestaba que le bajara el volumen al radio y le pidiera que no cantara. *Sazón es sazón, señora, en mi cocina si no se baila no se hace nada.* Entonces la echaron, y Ana empezó a hacer pan para el barrio y a limpiar su propia casa, con el volumen del radio bien alto y bailando todo el tiempo.

La música favorita de Ana es la bachata de un señor que canta en la radio y se llama Romeo. A veces dice que se enamoró de Roberto, el papá de Fabio, porque cuando era joven se parecía a Romeo. A Fabio le han hablado de la historia de Romeo y Julieta en el colegio, y le alegra que su mamá no haya terminado con Romeo y que ahora sea su mamá. La historia de Romeo y Julieta no termina bien.

FUE LLEVANDO MANDADOS DE PAN como Fabio conoció a Alicia, o como todos le decían: Mamalicia. Todo lo que Fabio sabía de la vecina era que comía mucho pan y que tenía nombre de villana, de madre villana. ¿Por qué? Fabio no lo sabía. Vivía sola y no parecía tener ningún hijo.

—Nos cuidó a todos como a sus propios hijos, Fabio—le explicó Ana un día.

—¿Pero por qué le dicen Malicia? ¿Es mala?

—Por supuesto que no, Fabio, Alicia es más buena que el pan, es una madre.

—¿Si es tan madre, por qué no le dicen mamá sus propios hijos?

—Porque no tiene hijos que le digan mamá, por eso lo hacemos nosotros.

—Pero tú eres mi mamá, yo no puedo tener dos mamás.

—Claro que puedes tener dos mamás, ¿de dónde sacas que no?

Casi todas las discusiones con Ana terminan en preguntas que Fabio no puede responder. Así es como los padres de Fabio discuten, con preguntas. A veces pasan noches enteras gritándose preguntas y nadie responde nada. Hasta que se duermen, cansados de tanta duda. A veces, sin embargo, Ana no tiene ganas de preguntarse cosas toda la noche, mucho menos sabiendo que no va a obtener ninguna respuesta, así que se rinde, y le da a Roberto la razón. No hay nada en el mundo que ponga a

Roberto más triste, pero eso Ana no lo sabe. La razón es una corona invisible que le dan a la gente solitaria que no tiene amigos. Y Roberto ya es, de por sí, un hombre muy solo, como para que la mujer de su vida lo calle con la corona invisible de la razón. Roberto preferiría vivir haciéndose preguntas que tener, por un solo segundo, la razón. Pero esto nunca se lo ha dicho a Ana, y como no se lo ha dicho, Ana no lo sabe.

Por esa época, a Fabio todavía no le parecía tan terrible tener la razón, es algo que a los niños de diez años les gusta tener. Cuando Fabio olvide cómo andar en su bicicleta va a despreciar todos los momentos, así sean pocos, en los que Ana le dio la razón. Como esa vez en la que Fabio creyó que tenía el poder de hacer pasar el tiempo más rápido y ella le dijo:

—Fabio, no hay nada más cierto que eso.

Cuando Fabio olvide ya no va a querer la razón, va a buscar la verdad y va a sentir que hasta su madre le miente.

Pero Fabio no creía eso cuando conoció a Alicia, porque

Fabio todavía no había olvidado nada. El problema con llevarle pan a Alicia era que Fabio no lo podía hacer en bicicleta, tenía que hacerlo caminando porque Alicia vivía justo en la puerta de al lado. Eso a Fabio lo ponía de mal humor, le quitaba toda la emoción a su trabajo, no podía sentirse hábil al llevar la bolsa de pan con una mano y agarrar el manubrio de su bicicleta con la otra, no podía batir la bolsa por los aires y esparcir el olor del pan recién hecho de su madre por todo el barrio.

La entrega del pan siempre fue igual. Fabio tocaba la puerta de al lado, Alicia asomaba su cara aún con la cadena del cerrojo puesta. Sus ojos eran dos canicas ocultas por el mar de arrugas de su cara. Tenía el pelo gris como una cortina polvorienta.

Fabio estaba seguro de que los papás de Alicia la hicieron con mucha piel de sobra. Su cuerpo era pequeño, pero su piel, al extenderse, podía cubrir países enteros. Sus padres debieron haberla hecho así y luego decidieron doblarla en millones de pliegues chiquititos para que Alicia pudiera moverse por el mundo con facilidad.

—¡Ah, hijo!—decía al ver a Fabio—Eres tú.

—Yo no soy su hijo, Malicia—decía Fabio con miedo de que lo estuvieran confundiendo.

—Es verdad, Fabio, tienes razón—respondía Alicia mientras abría la puerta y recibía el pan que le correspondía.

EL DÍA EN EL QUE FABIO olvidó, hacía un sol inclemente. Despertó como cualquier domingo a engrasar la cadena de su bicicleta antes de ir a entregarles pan a los vecinos.

—Necesito que primero vayas a casa de Mamalicia—le dice su mamá—no me ha llamado esta semana y quiero ver si necesita algo.

—¡Pero ya tengo lista la bicicleta!—contesta Fabio, indignado.

—No importa, llévala a pie y no te olvides del pan.

No hay cosa que a Fabio le parezca más tonta que caminar con su bicicleta al lado. Antes de salir, Fabio le desea toda clase de cosas terribles, ojalá se haya desarrugado, ojalá se haya enredado en su piel y se haya caído, ojalá sus ojos de canica estén rodando por el suelo. Y es que de entrada no está bien visto que el líder de la jauría de niños bicicleta pise el suelo. Caminar es sucio, mucho más cuando no es necesario. Caminar hace que Fabio se sienta como una paloma de ciudad, por ahí picoteando mugre cuando podría estar volando entre los techos. Por eso Fabio decide ir a casa de Alicia en bicicleta. Es ridículo y lo sabe, pero es más tonto llevar la bicicleta al lado y no usarla.

Fabio tiene la bolsa de pan colgada en el brazo, un pie en el suelo y otro en el pedal. Va a recorrer aproximadamente tres baldosas de concreto para llegar a casa de Alicia, darle el pan y preguntarle cómo está. Ella contestará, pero Fabio no estará poniendo atención, estará pensando en volver a montar su bicicleta, y lo hará, tan pronto ella termine de hablar y lo deje salir de nuevo a la calle, a su calle, a la calle de Fabio, del barrio de Fabio, en una esquinita de la Bogotá de Fabio, en el mundo que es de Fabio cuando él lo recorre. Eso es lo que va a pasar, eso es lo que debería haber pasado.

Patea el suelo con el pie izquierdo y se eleva sobre el pedal, empuja con decisión, pero pierde el equilibrio, pierde el control del manubrio, pierde también la bolsa del pan que sale volando por los aires, futura comida para las palomas que a Fabio le parecen tan tontas. Fabio cae.

Fabio ya se ha caído antes, centenares de veces desde el día en que aprendió a montar en bicicleta. Pero esta vez se siente diferente, algo hace falta, algo está fuera de lugar. Se para al lado de su bicicleta y la mira con atención, observa con cuidado las cadenas, los cables del freno, todo parece estar bien. Así que decide montar otra vez.

Bien podría ir a su casa por más pan, timbrar en la casa de Alicia a ver si estaba bien, ir a entregarles el pan a los otros vecinos. Pero ese no era el plan, ese nunca fue el plan, el plan es la bicicleta. Y ahora lo más importante es volver a subirse. Lo más importante es que Fabio ha caído, y caer no debe ser nunca la última cosa que uno ha hecho.

Un pie en un pedal y otro en el piso, impulsarse, moverse, pedalear, mantener el equilibrio. Parece fácil, pero Fabio no puede, vuelve a caer. Piensa en su madre y cae, escucha el sonido de los buses y cae, huele el polvo de la ciudad y cae, mira el pan que ya está en el piso, cae, en la puerta de Alicia, cerrada, cae, frente a su casa cae, cae, cae. El pedal raspa el concreto. Los codos de Fabio sangran. Ha sabido escudarse con las manos, con las rodillas, con los brazos, tratando de que al variar la caída el resultado fuera diferente, que el asfalto lo devolviera mágicamente a la bicicleta que de repente no quiere obedecer. El suelo de Bogotá le ha raspado la piel hasta hacerla sangrar. Bogotá de polvo, Bogotá en construcción, hija del caos, visión de nadie.

¿Cómo es posible que no pueda montar? Fabio camina hacia el parque con la bicicleta en la mano, todavía sosteniendo la bolsa de pan, ahora vacía. Encuentra a Alex y le pide que por favor monte su bicicleta.

Alex acepta sin dudar, toma el manubrio y con maestría se lanza sobre el sillín, le da una vuelta al parque y regresa. Fabio le quita la bicicleta con resentimiento. Ahora se acerca a una niña que está sentada en el columpio. No es una niña de la jauría, tiene casi toda la cara cubierta por un pedazo de tela enorme, a pesar del sol.

—Oye, niña, ¿puedes montar mi bicicleta?

Ella lo mira con curiosidad, bajo la tela se alcanza a ver una piel tan clara que parece emitir su propia luz. Dos ojos grandes y redondos color caramelo que con rapidez pierden interés en él y ahora están fijos en la bicicleta. La niña no responde. Sus ojos empiezan a brillar más que su piel y se vuelven dos pozos de agua dulce. Fabio no sabe si ella lo puede oír, está raspado y cansado y su paciencia se agota.

—Que si puedes montar mi bicicleta.

La niña lo vuelve a mirar, los dos pozos siempre a punto de desbordarse, represas de caramelo contenidas únicamente por el aire. Sin pensarlo dos veces salta al sillín y la bicicleta empieza a moverse por el puro impulso de su peso. Fabio nunca ha visto a nadie montar su bicicleta así. O sí, se ha visto a sí mismo en el reflejo de los charcos. Ella apoya todo su peso en el manubrio y se levanta del sillín, como escalando los pedales. Ella da una curva tan cerrada que parece que la bicicleta estuviera, una fracción de segundo, acostada en el suelo, ella se recuesta sobre el manubrio y va más rápido que los carros. Le da una, dos, tres vueltas al parque antes de volver a Fabio, que está teniendo el día más extraño de su vida.

—¿Dónde, dónde aprendiste a . . . ?—empieza a decir

Fabio, antes de que el parque retumbe con el tono barítono del verdulero.

—MARINAAAAAAAAAA.

—A mí me gustaban las cintas del manubrio—dice Marina antes de acomodar el pedazo de tela sobre su cara y salir corriendo ante el grito furioso de su padre. Su voz fue una sorpresa, Fabio no esperaba que la niña hablara, esperaba que se disolviera en el aire tal vez, pero nunca que dijera nada.

Fabio toma la bicicleta y por primera vez en mucho tiempo se queda inmóvil. Tal vez la bicicleta nunca fue suya. Tal vez nada es suyo después de todo. Pablo se para al lado de su líder y poco a poco Carmen, Alex, Guadalupe, Fran y el resto de niños de la jauría llegan rodando a ver a Fabio, por primera vez nítido, quieto, derrotado. La jauría no se rinde y uno a uno, cada niño y niña del barrio, le ofrece a Fabio su bicicleta para que la pruebe. Recelosos, obligados, algunos queriendo que su bicicleta le devuelva la magia al líder, otros queriendo verlo caer. La de Alex es la

última bicicleta por probar y Fabio decide, cubierto por una

costra cada vez más gruesa de sangre, sudor y barro, que la

próxima vez que se caiga será la última.

Como una peregrinación de fieles, todos suben a la

pendiente más empinada del barrio y sostienen la bicicleta

verde de Alex para que Fabio se siente en el sillín.

—Listo, a la cuenta de tres me sueltan—dice Fabio a sus

amigos.

Uno,

      dos,

           tres.

Con los pies quietos en los pedales, Fabio rueda; con las

manos firmes en el timón, Fabio se mueve. El viento contra

su cara limpia el polvo, las lágrimas, el barro.

—¡Pedalea!—le grita Alex.

—¡Pedalea, Fabio!—grita entretenida la jauría.

Fabio trata de pedalear, pero los pedales son más

rápidos que él. La bicicleta lo desconoce y golpea sus

pantorrillas con rechazo. Los vecinos salen de sus casas

con ganas de ver a Fabio caer. ¿Dónde está su padre cuando

él necesita moverse? Fabio no entiende. La bicicleta

tiembla, la rueda delantera se mueve como si quisiera volar

libre sin las ataduras de metal. Fabio apoya todo su peso en

el manubrio. Es un tubo de hierro apoyado sobre otro tubo

encadenado a dos ruedas. ¿Cómo es posible haber hecho

esto por años y olvidarlo así?

Velocidadesigualadistanciadivididatiempo, piensa Fabio, sin

saber qué significa. La rueda delantera se estanca en una

grieta justo antes de que acabe la pendiente, frente al

antiguo cementerio. Calle empedrada de Bogotá, calle

averiada de Bogotá, ciudad de nadie, trampa mortal. Fabio

vuela, flota en el aire por diez segundos. Y ahí donde se acaba la memoria de los peces también se acaba el aire y empieza el suelo, suelo en el que ahora Fabio yace, hecho polvo, derrotado.

Sus amigos lo levantan de los hombros, le sacuden el polvo, le limpian la cara y entre todos lo llevan a su casa. Tranquilo, Fabio, dicen, no pasa nada, hermano. Mejor no seguir intentando.

Tal vez hay cosas más importantes que montar en bicicleta, pero a Fabio no se le ocurre qué. ¿Qué puede ser más importante que moverse?

Desde la puerta Fabio puede oír a su madre cantar. *Mi abuelo vio el Titanic que se hundió en el maaar, y Romeo no es de hierro ni un inmortaaal.* Con las manos en la inútil bicicleta color salmón, Fabio entra a la cocina.

—¡Fabio! ¿Qué te pasó?—le dice Ana, al ver a su hijo cubierto de sangre y polvo.

Pero Fabio ya no se puede mover, y como no se puede

mover tampoco puede hablar, una nube de polvo se decanta en su garganta y fosiliza el resto de su cuerpo.

—Fabio, háblame. ¿Qué te pasó?—Ana empieza a limpiar, una a una, las heridas de Fabio con el trapo de la cocina.

—Olvidé cómo montar en bicicleta, mamá.

—No seas tonto, Fabio, eso no se olvida.

AHORA FABIO NO SABE QUÉ hacer con el tiempo, se pasa todo el día en casa limpiando la bicicleta que ya no usa, mirándola, sentándose en ella sin montarla. Lo aterroriza salir a repartir el pan de su madre. La ciudad es hostil y agresiva, muy rápida para él que va tan lento, muy extensa para él que va sin ruedas.

Ya no existe Fabio veloz, Fabio ¿te vas?, Fabio te has ido. En su lugar hay un niño que pasa el día contemplando sus propias piernas, el fémur, la tibia, la fosa poplítea, buscando un error que corregir. La tristeza de Fabio es muy difícil de entender. Son pocas las personas del mundo que han olvidado cómo montar en bicicleta.

Fabio no entiende por qué sus padres le han mentido. Pero cuando Roberto sale a trabajar y ve a Fabio sentado en la bicicleta salmón (antigua fuente de todo poder) como si fuera una torpe silla, su cara se vuelve una mezcla de confusión y lástima, así que Fabio decide no reclamarle nada. Y se va, su padre se va como siempre se ha ido, a mover a los bogotanos de un extremo de la capital a otro, porque alguien tiene que hacerlo.

Ahora el polvo de la ciudad se ha vuelto un muro de contención que mantiene a Fabio adentro de su casa, es el recuerdo de eso que Fabio era y ya no es. Los niños de la jauría lo han ido a buscar un par de veces, pero Fabio se rehúsa a que lo vean caminar. Bogotá ya no es su ciudad, y su bicicleta ha dejado de ser su bicicleta, o tal vez nunca lo fue. Fabio quiere preguntarle a su madre sobre la niña del parque, pero cada vez que se acerca a hacerlo su cuerpo no lo deja. Tal vez no quiere saber. Fabio está triste y Ana, que no sabe bien qué hacer con la tristeza de su hijo, decide repartir el pan ella misma, mientras Fabio se queda en casa de Mamalicia.

—¡Ah, hijo!—dice Alicia al ver a Fabio—Eres tú.

—Yo no soy su hijo, Malicia—dice Fabio, cansado de corregirla.

—Es verdad, Fabio, tienes razón—responde ella mientras abre la puerta para que Fabio entre a su estrecha casa que, como la de Fabio, huele a pan.

La casa de Alicia está tan llena de cosas que parece una tienda de antigüedades. Fabio, que puede contar muy bien, alcanza a contar diez ventiladores desde la puerta. Hay un sinfín de sombreros de paja por toda la casa, y en la pared una colección de abanicos—debe haber uno por cada color que existe, piensa Fabio impresionado—. En el centro de la sala hay una mesa con una figura de plástico encima, parece un juguete. Es un hombre de barba blanca, vestido de rojo, tiene un libro con una cruz en la mano izquierda y el dedo gordo tocando el dedo del medio de la mano derecha. La figura plástica del hombre barbudo está rodeada de pelusas, Fabio creería que las pelusas son pedazos de su barba que se le caen sino fuera porque su barba es tan sólida y brillante como el resto de su cuerpo. Sobre cada mueble cuelga una tela muy delgada hecha de pequeños agujeros. La casa de Alicia parece un circo transparente dividido en carpas.

—Son mosquiteros—le dice ella a Fabio—tengo muchos.

—¿Y para qué sirven?

—Para que no te piquen los bichos.

Fabio nunca antes pensó que podría necesitar un mosquitero, tal vez porque en la Bogotá de Fabio no se ven muchos bichos. Un par de mosquitos pequeños de patas largas que nunca le han hecho nada a nadie. Pero no bichos.

—¿Y no trajiste tu bicicleta?—le pregunta Alicia a Fabio, mientras que con sus manos arrugadas ha empezado a desprender, una a una, las pelusas del mosquitero más cercano.

—Se me olvidó—responde con vergüenza Fabio, mientras observa los pies de la anciana. Usa un par de chanclas sin medias. Le debe dar mucho frío, piensa.

—¿Por qué? ¿Dónde la dejaste?

—Se me olvidó montar en bicicleta.

—Palabras, Fabio, solo palabras, eso nunca se olvida— dice Alicia, ahora uniendo todas las pelusas recogidas para hacer una gran pelusa de esporas.

—Lo que es mentira es que uno no olvida, uno sí olvida, yo olvidé.

Alicia se detiene y mira a Fabio en silencio.

—Otra más—dice, poniendo la perfecta esfera de pelusa al lado de la figura del Santo barbudo, junto a todas las otras pelusas de la misma especie. Alicia dice esto tan bajito que Fabio piensa que tal vez lo dijo solo en su mente.

—¿A usted le han mentido?

—Me han mentido tanto, Fabio, que mis verdades las cuento con los dedos de la mano izquierda.

—¿Cuáles son?

—No te las puedo decir, son mías.

—Por favor.

—Te voy a decir una porque creo que ya la sabes.— Alicia se acerca a Fabio, levanta su dedo gordo y lo pone justo entre los ojos del niño—: el mundo miente.

—¿Quién le mintió?

—Alberto, mi esposo, él me mentía todo el tiempo.

Fabio no entiende. Es difícil creer que Alicia haya tenido un esposo. Eso pasa con las personas que viven solas, que parece que hubieran estado solas siempre, como si fueran así.

—¿Y dónde está su esposo?

—No está, murió. Pero me dejó esa verdad, la del dedo gordo, tan gorda como él. Mira, si te quedas viendo la verdad del dedo gordo, alcanzas a verle el perfil de tonto barrigón.

Fabio no pregunta nada más. Su madre lo recoge dos horas después, durante las que él solo se ha sentado bajo el mosquitero del sofá a ver los viajes que hacen los pedacitos de polvo de un mueble a otro, futuras pelusas que rodearán la figura de plástico de San Atanasio, el único juguete que tiene la anciana en su casa. Si no puede moverse por la ciudad, por lo menos puede ver cómo las cosas se mueven. Alicia se mueve bastante, aunque lento, tirita de frío todo el tiempo y cambia las cosas de lugar como si estuviera redecorando.

Esa noche Fabio le pregunta a su mamá por el esposo de Alicia.

—Hace mucho tiempo que está sola, Fabio, dicen que su esposo la dejó.

—¿La dejó?

—Sí, se fue a vivir a la costa, cerca del mar.

—A mí me dijo otra cosa—grita Fabio, y corre a esconderse debajo de la cama, temiendo las respuestas confusas de su madre. Desde que olvidó cómo montar en bicicleta, el mejor escondite de Fabio es bajo su cama. Ya que Fabio no puede huir de las cosas pedaleando, ha decidido esconderse de ellas. Bajo su cama Fabio se oculta de las mentiras del mundo, bajo su cama el mundo es tan, tan pequeño, que nadie puede mentir.

—¡Sal de ahí, Fabio! ¿No ves que hay monstruos?—le dice su papá al llegar del trabajo.

Fabio tiene miedo, no ve ningún monstruo ahí dentro, pero está muy oscuro y no puede estar seguro. ¿Quién habrá dicho que todo lo que habita bajo las camas es monstruoso? Seguramente fue el mismo farsante que se inventó lo de la memoria del cuerpo, el que les dijo a todos que no se puede olvidar cómo montar en bicicleta. Después de pensarlo un rato, Fabio resuelve que sí hay monstruos bajo su cama.

Hay uno, se llama Fabio y se esconde del mundo.

ANA TIENE DOS HERMANAS QUE trabajan afuera de Bogotá. Viven en Fusagasugá, un pueblo que a Fabio le parece muy difícil pronunciar, y trabajan cocinando en una casa muy grande que queda cerca al pueblo. Cerca de Fusagasugá hay casas muy grandes con gente que come mucho. Fabio piensa que los que viven en esas casas tienen almas de gigantes atrapadas en cuerpos muy pequeños, sus techos son altísimos, sus camas enormes, sus portones parecen puertas de garaje, se admiran en espejos que ocupan paredes enteras y se bañan en piscinas en lugar de tinas o duchas. Precisamente por eso necesitan a dos mujeres para que les cocinen enormes cantidades de comida, comida para gigantes. Este fin de semana los gigantes han decidido tener una gran fiesta para sus otros amigos gigantes, para lo cual, las dos hermanas de Ana, con sus dos manos cada una, no son suficientes. Por eso Ana decide irse todo el fin de semana a ayudar a sus hermanas, y como le da miedo que Fabio pase todo el fin de semana bajo la cama mientras Roberto lo mira con confusión y lástima, decide llevárselo a él también.

Ana hace pan como para un ejército y le deja comida y notas al papá de Fabio por toda la casa. Solo se van a ir dos noches, pero Roberto come mucho más cuando se siente solo. Roberto es un hombre muy inteligente, grande y fuerte, con un trabajo muy importante, pero sin Ana, el papá de Fabio no funciona. Fabio cree que su mamá es eso que hace que a Roberto no se le olvide nada, ni manejar ni moverse.

Fabio y Ana se montan en una flota, que es como el bus que maneja el papá de Fabio, pero recorre distancias más largas y rodea las montañas. Se llaman flotas porque cuando pasan a toda velocidad por las estrechas carreteras que rodean las montañas flotan para no caerse. Fabio y Ana cruzan, rodean, atraviesan y flotan sobre más de cinco montañas para poder llegar a la casa de los gigantes. En el camino Fabio ve lomas enormes que parecen cementerios de gigantes y se pregunta si al morir los cuerpos de los gigantes que su mamá va a alimentar se expanden hasta adquirir su tamaño real, formando montañas. Al llegar Fabio se siente un poco mejor, el aire es más ligero y no le recuerda al viento sucio que enfriaba sus mejillas en Bogotá, cuando podía montar su bicicleta.

Frente a la enorme casa en la que trabajan sus tías hay una piscina, parece ser muy profunda y las baldosas oscuras la hacen parecer una laguna. Fabio ya ha nadado antes en otras piscinas, le gusta jugar a contener la respiración y a mirar hacia fuera desde adentro del agua, como si fuera un pez. Fabio es un buen nadador, casi tan buen nadador como ciclista. No, Fabio ya no es ciclista, lo olvidó. ¿Y si también olvidó cómo nadar?

—No, Fabio, eso no se olvida—le dice su mamá.

—Palabras, solo palabras—susurra Fabio, pensando en Malicia.

Así que, por miedo a olvidar cómo nadar, Fabio no se mete a la piscina. Nadar no es como montar en bicicleta, no puede intentarlo infinitas veces. Si intenta jugar a contener su respiración, tal vez se ahogue, y se quede por siempre en el fondo de la piscina. Es una piscina oscura y nadie lo vería ahí abajo, con el tiempo todos se olvidarían de él. Así que Fabio no nada, se sienta en el borde de la piscina con los pies en el agua y piensa en su bicicleta.

El dueño de la casa de los gigantes es un hombre llamado Darío, aunque Fabio no sabe si existe o no porque nunca lo ha visto. Dicen que vive en el cuarto gigante del último piso de la casa gigante. Si Darío existe, se debe estar convirtiendo en un gigante de verdad, piensa Fabio, por eso se esconde, porque dentro de su pequeño cuerpo está creciendo un hombre enorme. Fabio, que ya no cree en casi nada, decide ir a ver para creer.

Fabio sube las escaleras una a una, como quien perdió la lista de cosas por hacer y ahora solo tiene que subir escaleras. Primero una, después la otra. Ante sí está la puerta del gigante, de madera gruesa, que primero fue color árbol, pero perdió la corteza y ahora solo es una puerta. Está entreabierta así que él decide entrar.

Estantes de libros cubren las paredes del suelo al techo, que es mucho más alto que cualquier techo que Fabio haya visto. Darío debe ser un hombre muy alto para alcanzar los libros de los estantes de arriba. Los libros, por su parte, descansan con el lomo contra la pared y solo muestran la tripa desnuda de páginas, las paredes parecen el marco de montones de papeles apilados verticalmente.

—¿Y tú quién eres?—Detrás de una montaña de papeles surge la pequeña cabeza de un hombre. Nada de lo que esperaba Fabio de un gigante.

—Soy Fabio.

—Hola, Fabio, sigue, sigue, no sé quién es Fabio, pero sigue. Mira esto.

Fabio le da la vuelta a la mesa, tras la guarida de papeles, Darío, flaco y pequeño, traza líneas en un papel muy grande, un mapa gigante. Sobre el escritorio, escondido entre papeles, un televisor muestra a un montón de hombres con trajes de colores pegados a la piel, montando bicicleta. Fabio siente una bola de fuego en el pecho, se pasa las yemas de los dedos por la nuca, siente un hueco.

—Etapa ocho, Fabio, seis de julio del ochenta y cinco, de Sarreburgo a Estrasburgo, había mucha niebla, demasiada niebla.

Darío marca un punto en el mapa gigante, en el que ya hay figuras irregulares, verdes y azules, una línea roja que parece abrirse camino entre el verde y muchos nombres chiquitos, muy chiquitos para un gigante.

—Atento, atento, Fabio, ahí va Bernard, el de amarillo—

Darío detiene la imagen del televisor con el control remoto. Las bicicletas se detienen entre la niebla mientras él marca un punto en el mapa—, justo acá está Bernard. Ahora mira.

La imagen del televisor se vuelve a mover, Darío mira a Fabio esperando a que llegue por sí mismo a la conclusión que él tiene en su cabeza. Fabio no habla, el aire caliente le quema los pulmones y su mente está muy lejos de ahí.

—¿Y? ¿Lo ves?

—No . . . ¿qué tengo que ver?

—A nadie, Fabio, a nadie, porque ya no está. ¡Ya no está! ¡Bernard desaparece! ¡SE LO TRAGÓ LA NIEBLA! Ahora mira.—Darío aprieta otro botón y las imágenes del televisor se aceleran. El personaje de la camiseta amarilla vuelve a aparecer y los ciclistas recuperan su velocidad normal. Bernard Hinault gana la quinta etapa.

—Ganó, Fabio, ¡ganó! ¡aparecido entre la niebla! Claro, porque hay niebla nadie duda, nadie se da cuenta de que se va, creen que debe estar ahí, debe estar ahí, no lo vemos,

pero debe estar ahí. NO ES POSIBLE, FABIO, ES
FÍSICAMENTE IMPOSIBLE.

Darío saca otro mapa de su montaña de papeles, esta vez
completamente verde a excepción de la línea roja que marca
la ruta de la quinta etapa del Tour de Francia. Acto seguido
Darío marca otro punto en el mapa, el punto de llegada.

—Ahora acércate, Fabio, acá Bernard desaparece,
¿ves?—Darío acaricia el mapa con los dedos. Si no dijera su
nombre en cada frase, Fabio juraría que ya no le habla a
él—y acá vuelve a aparecer, justo antes de la llegada.
Acércate Fabio, mira los dos puntos, ¿lo ves? entre el verde,
¿alcanzas a ver?

Una sombra, Fabio ve una sombra entre el verde, un
verde más oscuro que bien podría ser nada si no uniera
perfectamente los dos puntos que Darío marcó. Un camino.
Fabio recorre la sombra verde con los dedos con el mismo
cuidado con el que busca la piedrita que se le ha perdido en
la nuca, como buscando.

—Es más corta, Fabio, es un atajo. Bernard hacía trampa.

¡Conocía la cartografía el muy hampón! ¡BERNARD HACÍA

TRAMPA, FABIO!

Darío abre un cajón, atestado de papeles como todo el

escritorio y saca de él un cuaderno verde, pasa un par de

páginas y anota: *6 de julio de 1985, etapa ocho, Bernard el*

Caimán, desvío.

—Otro más. ¿Y tú quién eres, Fabio?

—El hijo de Ana.

—Ah, Ana, la de los panes. Te confundí con el jardinero.

Muy bien, muy bien. Puedes irte, Fabio, gracias por tu

ayuda, espera, espera, llévate el mapa . . . para que

recuerdes que cualquier hampón es mejor hampón si sabe

de cartografía. Cierra la puerta. Gracias.

Fabio está afuera de la puerta del gigante. En su mano

un papel enorme, el primer mapa con la trampa de Bernard

expuesta en bolígrafo rojo. Abre el mapa y mira las figuras

irregulares en verde y azul: la tierra y el mar. Roza con la yema de los dedos el trayecto original del Tour de Francia,

se lleva los dedos a la nuca, siente un hueco.

DE REGRESO EN BOGOTÁ, ANA está muy seria. El viaje no

ha servido para alegrar a Fabio que ahora parece más

confundido que nunca. Apenas cruzan la puerta de la casa,

Ana se dirige a hacer pan, porque es lo que mejor hace y

eso siempre la pone contenta. Fabio imagina por un

momento qué pasaría si Ana olvidara cómo funciona el

horno.

Su madre sale a repartir el pan que ha hecho y Fabio,

una vez más, debe quedarse en la casa de Alicia. Esta vez

Fabio siente que es importante ir a la casa de Alicia, quiere

mostrarle el mapa que le ha regalado Darío y contarle de las

trampas de los ciclistas, contarle que Darío anota todas las

trampas en un cuadernito negro, contarle que los gigantes

existen y son diminutos.

—¡Ah, hijo!—dice Alicia al ver a Fabio—Eres tú.

—Yo no soy su hijo, Malicia—responde Fabio fastidiado.

—Es verdad, Fabio, tienes razón.

Fabio deja el pan de Alicia en la alacena de la cocina y va a sentarse entre uno de los mosquiteros de la sala.

—¿Cómo estuvo tu viaje, Fabio?—le pregunta la anciana, moviendo un sillón de un lado a otro de la habitación.

—Normal.

—Me vas a tener que explicar eso porque no sé qué significa.

—¿Qué cosa?

—Normal.

—¿Malicia usted hace cuánto no sale?—la interrumpe Fabio tratando de tener el control de la conversación.

—¿Para qué voy a salir si afuera todo está igual?

—¿Cómo sabe?

—Por el ruido, no importa en qué lugar de Bogotá estés,

si cierras los ojos y te quedas quieto, puedes oírlo. Siempre es la misma, la respiración del monstruo.

Los dos se quedan en silencio, tratando de hallar en sus oídos el ruido.

—Hijo.

—Que no soy su . . .

—Fabio—corrige Alicia con paciencia—, ¿te puedo hacer una pregunta?—Fabio la mira con curiosidad, es muy raro que una persona tan vieja le quiera hacer una pregunta de verdad. Endereza su espalda y asiente con la cabeza, dándose importancia—. ¿Cómo se siente olvidar?

Una corriente recorre el cuerpo de Fabio de punta a punta.

—Es . . . —Fabio vacila—es como si no me funcionara una parte del cuerpo. Como si no me sirvieran los pies.

Como si tuviera que aprender a vivir sin mí. Piensa.

—¿Hacemos un experimento? Trae tu bicicleta.

¿Será posible? ¿Podría Alicia hacerlo recordar? Fabio corre a la puerta de al lado a buscar su bicicleta, la trae a la casa de Alicia y la entra con dificultad a la estrecha casa. Alicia ha movido todos los ventiladores de su casa, diez, como la edad de Fabio, y los ha dispuesto como un batallón de viento frente a dos pilas de libros.

—Déjala entre los libros, que no se caiga.

—¿Qué?—Fabio duda.

—Hazlo y móntate.

—¿Pero no me va a hacer recordar?

—¿A montar? No, eso no se puede. Vamos a tratar de que no sientas que has olvidado.

—¿Cuál es la diferencia?

—Que no vas a recordar, pero vas a dejar de sentir que has olvidado. Se te va a olvidar que olvidaste.

Fabio se monta en el sillín de su bicicleta salmón, brillante, limpia y triste por la falta de uso. Cierra los ojos y apoya los pies en los pedales. El aire que expiden los ventiladores le pega con violencia en la cara, el ruido es insoportable.

—Ahora imagina la calle. Vas por la ciudad con la bolsa de pan en la mano. Yo te estoy viendo, ¿lo ves tú, Fabio? Vas con tu bicicleta por todo el barrio, rodeas el parque.

Fabio lo imagina, imagina su bicicleta otra vez sucia y llena de polvo, imagina el parque, una figura pequeña monta la bicicleta con maestría, se para en los pedales sin apoyarse en el sillín, sube los brazos. Pero no es él, no es Fabio el que está montando. Es la niña del parque, es Marina la hija del verdulero, es ella la que no cae.

—No funciona—dice Fabio bajándose de la bicicleta.

—Y bueno, a mí la brisa tampoco me quita el frío, pero valía la pena intentar.

—¿Por qué no se abriga?

—¿Qué?

—Si tiene frío, ¿por qué no se abriga?

—Porque me prometieron que me iban a llevar a vivir a tierra caliente.

—Pero estamos en Bogotá.

—Lo sé, Fabio, llámale orgullo, rencor, ingenuidad, costumbre, pero Alberto me dijo que me iba a llevar a vivir frente al mar, donde nunca hace frío. Le creí tanto que ahora hasta a mi cuerpo le cuesta dejar de esperar que él cumpla. Cada vez que teníamos frío, Alberto compraba un ventilador. Porque cuando nos fuéramos íbamos a tener tanto, tanto calor, Fabio, que no valía la pena pensar en el frío que estaba haciendo, sino en el calor que iba a hacer.

—¿Y por qué no se fueron?

—Porque era todo mentira, hijo, el mar no existe. Cada día Alberto me traía un abanico nuevo, un sombrero de ala ancha, unas gafas de sol. Trazaba posibles rutas en los mapas, me hablaba del mar que había visto cuando era niño. Son palabras Fabio, solo palabras, el mar nunca existió.

—¿Se fue sin usted?

—No tenía a dónde ir, Fabio. ¿Recuerdas cómo te mentían a ti tus padres diciendo que nadie puede olvidar lo que tú olvidaste? A mí me mintieron igual. Alberto me engañó, el mar no existe.

Fabio saca de su bolsillo el papel enorme que le ha dado Darío, doblado en ocho partes iguales, aún tiene trazadas las líneas del Tour de Francia, la trampa de Bernard.

—Pero mire, acá hay más azul que verde, hay más agua que tierra. ¿Cómo no va a ser cierto si es más grande que nosotros?

—Cuando el color azul marino de un mapa me moje el dedo con el que lo señalo, ese día te creo, hijo, antes no.

Fabio no conoce el mar, solo lo ha visto en fotos y en la televisión, lo ve ahora en el mapa de Darío y se da cuenta de que ese no es el mar, de que lo ha visto, pero no es. A lo mejor Malicia tiene razón y el mundo está lleno de mentiras tontas que hacen que las viejitas vivan con frío; lleno de gente que cree que los gigantes son amenazantes y no

hombres pequeños y débiles que se dedican a descubrir las

trampas del mundo; lleno de palabras falsas como,

velocidadesigualadistanciadivididatiempo,

máseperdióeneldiluvioynadaeramío o

escomomontarenbicicletanuncaseolvida.

A ROBERTO NO LE GUSTA que Fabio pase tanto tiempo con

Alicia. Le alegra que pase menos tiempo escondido bajo su

cama, pero ahora se la pasa todo el tiempo con ella,

hablando sobre los posibles engaños del mundo: la

electricidad, los dinosaurios, los tomates, los teléfonos

inalámbricos, el mar. Entonces para que no pasen tanto

tiempo juntos, Roberto decide llevarse a Fabio a su trabajo,

al bus. No han sido días fáciles para los conductores de

Bogotá, eso Fabio lo sabe, no es la primera vez que Fabio

acompaña a su padre, pero sí ha pasado mucho tiempo

desde la última vez que lo hizo. La ciudad está cambiando, o por lo menos la forma en la que la gente se mueve por ella.

Por muchos años, posiblemente durante toda la vida del padre de Fabio, Bogotá tuvo la tranquila y angustiante apariencia del caos controlado. Los buses, estructuras de metal sostenidas por cuatro ruedas, se movían libres como entes salvajes. El bus paraba donde quería, llevaba a quien quisiera, a la velocidad y con la música que al conductor se le antojaba. El único orden provenía de una tabla de madera que les indicaba a los ciudadanos por dónde pasaba el bus. El que quería llegar al barrio Roma se subía en el bus que decía:

Y llegaba a Roma, nadie sabe muy bien cómo, pero llegaba. Los buses sabían ordenar al monstruo de polvo, se movían bajo las reglas del caos, pero lo importante era que se movían, nada más. Así era la Bogotá de siempre, la de toda la vida, en la que el fin justificaba cualquier medio.

Pero a alguien se le ocurrió darle orden al caos, o tal vez otro caos al orden que ya había: trazar nuevas rutas, pintar los buses de otros colores, hacer que los conductores usaran uniforme, aplastar de un pisotón todas las máquinas solo para construirlas otra vez, hacer paradas para que los conductores supieran dónde parar y los ciudadanos supieran dónde iban a ser recogidos, prohibir la música, y— lo peor de todo—prohibir a Fabio.

En este *nuevo sistema de transporte* Roberto no podría llevar a Fabio en el asiento del copiloto. Y aunque no necesitara la ayuda de Fabio, que solía ayudarlo a recibir el dinero de los pasajeros y calcular los vueltos, para Roberto llevar a su hijo al trabajo era más que eso. Así que, hasta el último instante, Roberto luchará por no ponerse el uniforme, por no pintar su bus de azul, por no poner una máquina robótica que recibe el pago con tarjeta y exclama "gracias" en un acento extraño. Los verdaderos buses, los de antes, están en vía de extinción, y en el bus blanco de Roberto, que tal vez en alguna época también fue color salmón, ahora se lee un triste letrero azul que indica su destino: Provisional.

Y así vive Roberto, provisionalmente y Fabio sabe, también provisionalmente, que para que su padre le hable mientras maneja, él debe encargarse del dinero que los pasajeros le dan provisionalmente, antes de que el mundo cambie por completo. Por eso es que Fabio es tan bueno contando, porque vive preparado para el día en que su padre lo lleve al trabajo. La noche anterior al gran día, Fabio anota todas las operaciones matemáticas que tendrá que hacer y el precio del boleto del bus, que es de mil ochocientos pesos. Primero repite varias veces en su cabeza *mil ochocientos, mil ochocientos, mil ochocientos.* Luego hace cálculos. Si le entregan un billete de cinco mil pesos, (que es el que tiene la cara de un poeta y un poema escrito en letra muy chiquitita), sabe que debe mirarse la rodilla, en la que tiene escrito: *cinco mil menos mil ochocientos da tres mil doscientos.* Si le entregan un billete de diez mil pesos, que es el que tiene la cara de una señora, sabe que debe mirarse la rodilla, en la que tiene escrito: *diez mil menos mil ochocientos da ocho mil doscientos.* Si le entregan un billete de cincuenta mil pesos, (en el que siempre hay alguien con bigote): *cincuenta mil menos mil ochocientos da cuarenta y ocho mil doscientos.* Además de esto Fabio tiene que concentrarse en las caras que muchas veces cambian, porque en Bogotá además de buses provisionales hay también billetes provisionales. Los de antes, los que se van a acabar.

Fabio intenta calcular todas las posibles restas que tendría que hacer identificando las caras de todos los escritores millonarios de los billetes, para poder recibir y devolver plata con rapidez, para que su papá no se preocupe y así pueda hablarle sobre los lugares que recorren, sobre la gente que se sube al bus, sobre Bogotá.

El bus arranca en el antiguo cementerio, antes del amanecer. Es un bus viejo y rectangular, como una caja de zapatos de metal. Se mueve con dificultad, tiembla como si estuviera armado con dobleces, como si fuera un bus de origami hecho de aluminio. Fabio se sienta al lado de su padre y abre la ventana para que al aire frío y limpio de la mañana le hiele las mejillas y lo despierte.

Las personas empiezan a subir y el bus empieza a moverse. A veces se mueve lento, muy lento, porque Bogotá es una ciudad llena de gente que quiere moverse y se llena de aparatos para hacerlo. Entre ellos el bus de Roberto, entre ellos la bicicleta de Fabio.

El bus hace mucho ruido, las ventanas retumban y los asientos vibran. Cada vez que Roberto frena (y el bus frena con él) toda la máquina de metal suena como si fuera una extensión de su cuerpo. Roberto dice que manejar el bus es como hacer música, o eso dice desde que le robaron el radio y no puede poner la bachata que le gusta a Ana. La gente también se queja a veces, unos sí y otros no. Son todos diferentes, cada uno más raro que el anterior, y a Fabio le encanta ver gente así. Bogotá es mil ochocientas veces más grande de lo que él creía, mil ochocientas veces más extraña.

Suben, por la puerta de adelante o por la de atrás, tienen audífonos, costales, bolsas, gallinas. Van o vuelven de sus trabajos; están cansados, alegres, lloran, cantan, tratan de no tocarse, se apoyan unos sobre los otros. Fabio los mira emocionado. Bogotá tiene gente muy diferente, vienen de barrios distintos al de Fabio, con calles más amplias y menos inclinadas, que su padre recorre con el grandísimo bus que seguramente a él también lo hace

sentir inmenso.

Una mujer trata de llegar a la puerta de atrás, abriéndose

paso entre los cuerpos mientras lleva, sobre su cabeza, una

canasta de plástico llena de frutas amarillas. Es una fruta

que Fabio no ha visto nunca, agresiva y prehistórica, como

los huevos de los dinosaurios, que tal vez sí existieron

después de todo. Alicia diría que la prehistoria no existe

porque lo que vino antes de la historia no puede ser

contado.

—¡Paaareee, camionerooooooooooo!—le grita la mujer

a su padre, después de haber llegado a la cola del bus y

haber timbrado con insistencia para que la dejara

exactamente cinco cuadras atrás. Fabio recuerda a su tío

Aurelio, que trabaja manejando camiones. Ana dice que se

parece a su papá, seguramente la señora ha confundido a

su padre.

—Mi mamá tiene razón, tú te pareces a Aurelio, papá, ¿ves? Hasta esa señora te confundió—dice Fabio, tratando de iniciar una conversación.

Su padre se ríe y después de mover la palanca de cambios pone una de sus enormes manos en el pecho de Fabio para sostenerlo, empuja el embrague y después el freno, el bus se detiene antes de que se detengan los pasajeros, que salen disparados hacia adelante. Todas las cajas, maletas, bolsas, audífonos y hasta la última pitaya, fruta prehistórica, salen despedidas hacia el frente, impulsadas por la velocidad con la que iban y detenidas por la fuerza con la que el bus se rehúsa a continuar. Los cuerpos de los bogotanos tratan de acomodarse de nuevo en las sillas.

—Me confunden todo el tiempo, no te imaginas.

—Papá, ¿por qué no quieres que pase tiempo con Malicia?—Su papá se incomoda, Fabio lo sabe porque cuando su papá se incomoda se pasa la mano por el cuello peinándose la barba a contrapelo.

—No quiero que te encariñes con ella, Fabio, es mejor que tengas amigos de tu edad.

—Todos mis amigos montan bicicleta, ya no puedo estar con ellos, es más fácil estar con Malicia.

—No puede ser que tú seas el único niño del barrio que no monte bicicleta. Sal y haz nuevos amigos, Alicia está vieja y cansada y no está pa' tus trotes. Cualquier día de estos se va y ¿entonces?

Roberto vuelve a poner su mano en el pecho de Fabio y frena con fuerza, los pasajeros resoplan descontentos y preocupados por su seguridad. Fabio también se preocupa.

—¿A dónde se va a ir?

El padre de Fabio deja de responder, también deja de recoger personas, va dejando a las que quedan, una a una, hasta que el bus, (a excepción de 20 frutas prehistóricas que giran por el suelo como ruedas blandas) queda vacío.

Roberto y su hijo vuelven a casa.

—Papá, ¿a dónde se va a ir Malicia?

—¿A DÓNDE ME PODRÍA IR?—Responde Alicia con una sonrisa, cuando Fabio la confronta.

—No sé, mi papá dice que usted se va y que yo troto mucho, lo cual es falso, y que necesito amigos de mi edad.

—Palabras, Fabio, palabras.

—No, Malicia, dígame a dónde se va a ir. No se vaya.

—¿Recuerdas la historia de Alberto, Fabio? Claro que la recuerdas, él me dio la verdad del dedo gordo. ¿Quieres oír el final de la historia?

—Solo si eso significa que no se va.

—En mi casa no se miente, Fabio . . . te la voy a contar igual.—Alicia levanta el dedo gordo de su mano derecha y lo mira con atención—. Alberto era gordo, tenía una panza preciosa y robusta que un día le empezó a doler. Me imagino que el dolor debía ser proporcional a su tamaño porque Alberto no dejaba de gritar, fue al hospital y le dieron unas pastillas, pero eran muy chiquitas y el dolor no se fue. Así que regresó al hospital y le dieron más pastillas, unas diferentes, grandes, esas tampoco hicieron mucho. Pronto me dejó de traer cosas para nuestro viaje al mar, el dolor no lo dejaba moverse.

—¿No lo ayudaban los doctores?

—No sabían cómo, Fabio.—Alicia se sienta en el sofá frente a Fabio. Son pocas las veces en que él la ha visto sentada, Alicia siempre está moviendo cosas por la casa.

Pronto Alberto dejó de mentir, o me dejó de engañar, o se dejó de engañar, ya no sé cuál es la diferencia. Dejó de decirme que íbamos a ir a vivir al mar, después dejó de hablar y finalmente dejó de comer. Estaba muy enfermo, los doctores decían que solo iba a durar dos meses más, murió a las dos semanas. Murió despierto y sin querer llamar a nadie, lleno de vergüenza por estarse muriendo. Por eso todos piensan que me dejó y se fue al mar, porque no quiso contarle nada a nadie.

A Fabio le duelen las manos de la angustia, Alicia tiembla, tal vez de frío.

—Ahora, hijo, lo que sí es cierto es que necesitas volver a ver a tus amigos, a tus otros amigos. Que a mí me baste con oír el ruido de la ciudad para saber que está afuera no significa que allá no haya nada. Anda, ve, después me puedes contar la cantidad de barbaridades que dice la gente en la calle. Adiós.

Mientras habla, Alicia ha ido guiando a Fabio hacia la salida, y ahora Fabio está frente a la puerta de su vecina, inmóvil, sin entender nada. A este punto lo único que puede hacer para que no se vaya es complacerla, así que Fabio decide salir a la calle a cazar mentiras para contarle a Alicia. Es fácil hacer que la gente mienta, solo hay que ponerlos a hablar, y hay una persona con la que Fabio ha querido hablar desde el día en el que olvidó.

La verdulería queda al otro lado del parque, es de las pocas casas a las que les llega toda la luz del sol. Fabio cruza el bloque de pasto rápido, con miedo de que alguno de los niños de la jauría lo vea y le pregunte dónde ha estado. Hace mucho que no ve a sus amigos, han pasado a buscarlo a su casa, pero Ana les ha dicho que él no quiere salir. Fabio todavía no quiere que lo vean caminar, tampoco quiere que lo recuerden caído, lleno de sangre y barro. A veces incluso prefiere que lo olviden del todo.

La verdulería parece una selva oscura que el verdulero montó en el garaje de su casa. El verdulero ha puesto bolsas negras en el techo para que la oscuridad no permita que las frutas sientan el paso del tiempo y se dañen. Fabio entiende lo que deben sentir las frutas, es lo mismo que él siente cuando se esconde bajo la cama, que nada pasa.

Hace muchísimo sol y los ojos de Fabio se esfuerzan por acomodarse al cambio de luz de la tienda. Hacía un sol parecido el día en el que Fabio olvidó.

—¿Bueeeenas?—grita Fabio, buscando a Marina.

En el fondo del cuarto está ella, ya no tiene puesta la bufanda, pero Fabio la reconoce. No recuerda lo que querría recordar, pero recuerda el reflejo de los charcos, los ojos brillantes de Marina, su voz que le salió como una sorpresa, *a mí me gustaban las cintas del manubrio*, su bicicleta. La bicicleta de Marina, no de Fabio, siempre de Marina. Tal vez por eso Fabio olvidó, por eso ya no podía usarla. Su mamá cambió la bicicleta salmón por ocho bolsas de roscas y Marina no volvió a montar en ella, no hasta el día en el que Fabio olvidó.

—¿Qué quieres?—responde Marina, otra vez con su voz que nadie espera.

Fabio no sabe qué decirle, siente que le quiere contar

todas las cosas que le han pasado en la vida pero no recuerda ninguna. Se queda en silencio mirándola.

—Tú eres el niño que me quitó mi bicicleta—vuelve a decir ella, impaciente.

—Yo no te quité nada, a mí esa bicicleta me la regaló mi mamá, yo no sabía—responde Fabio muy rápido, sin tomar un solo respiro.

—Da igual, yo ya no podía.

—¿A ti también se te olvidó?

—No, pero ya no puedo salir. Me hace mal.

—Claro que puedes, yo te vi, yo te vi andar en mi bicicleta, en . . . la bicicleta—se corrige Fabio, al ver que esa verdad tampoco era suya. Fabio tenía diez dedos y muy pocas, poquísimas, verdades.

Marina camina hasta el borde de la tienda, una línea delgada separa la luz del sol que cae sobre el asfalto y la sombra creada con bolsas de basura torpemente pegadas al techo de la verdulería, supuestamente para proteger las frutas. Como una prisionera a punto de saltar por la borda de un barco, Marina da un paso, y deja que el inclemente sol de Bogotá le toque la cara, los brazos, las manos. Pronto una mancha roja empieza a brotar de su piel, desde el borde del pelo dando curvas hasta la comisura izquierda de sus labios, otra mancha más oscura empieza a brotar de su cuello, un par de manchas pequeñas brotan bajo sus orejas, las partes que resisten al rojo brillan como islas de marfil sobre el mar carmesí. Marina se rasca los brazos, también llenos de manchas.

—Un mapa—susurra Fabio.

—¿Qué?—dice Marina volviendo a la oscuridad de la tienda—No es un mapa, es alergia.

—Es un mapa, mira—Fabio saca del bolsillo el mapa de Darío, doblado ocho veces—. ¿Esta es la tierra, ves?—Fabio señala Francia—Y este es el mar—Fabio señala el Atlántico.

Ahora lleva un dedo a la cara de Marina, ella abre los ojos y se tensiona.

—Esta es la tierra—dice señalando una de las manchas rojas, que ya empieza a empalidecer—y este es el mar.

Fabio reposa su dedo índice sobre la nariz de Marina, que se humedece con una gota de sudor. El mar sí existe, es de verdad, es la certeza de su dedo índice.

Marina corre al fondo de la tienda un poco asustada, recupera su postura y le pregunta:

—¿Qué quieres?

—¿Qué haces todo el día si te da alergia estar afuera?—pregunta Fabio, ignorando el llamado de Marina a continuar con una relación de cliente y tendero. Marina sonríe, toma tres pitayas amarillas con sus dos manos. Fabio alcanza a percibir el olor de la fruta prehistórica. Alicia diría que la prehistoria no existe porque lo que vino antes de la historia no puede ser contado, pero Fabio hoy no está para esos juegos. La pitaya es amarilla y huele dulce, existe, sea prehistórica o no. Con sus dos manos, Marina lanza las pitayas al aire, atrapa una y lanza otra, son tres frutas prehistóricas y ella tiene solo dos manos, sin embargo las hace volar con destreza. Fabio se ríe. Nunca ha visto a nadie moverse así.

AL LLEGAR A SU CASA, Fabio se desliza bajo la cama, necesita pensar. Fabio se ha acostumbrado a pensar bajo la cama, piensa mejor así, como las frutas, deja de sentir el paso del tiempo. Roberto se preocupa mucho cada vez que ve a su hijo bajo la cama, pone siempre su cara de confusión y lástima, Fabio no sabe por qué.

Esa noche al llegar del trabajo Roberto se acuesta en el suelo, al lado de Fabio, no debajo de la cama (porque Roberto no cabe en un lugar tan pequeño) pero sí a su lado, al lado de Fabio, al lado de la cama.

—Fabio . . . qué es lo que pasa, ¿tienes miedo?

Fabio se avergüenza, no quiere que su papá, el hombre más grande y valiente que conoce, sepa que su único hijo se esconde del mundo.

—Ya se me va a quitar—le responde Fabio, mirando todavía hacia las tablas que sostienen el colchón en el que duerme.

—Yo no creo Fabio, eso no se quita.—Fabio no entiende. ¿Qué va a saber su padre sobre el miedo si nunca se ha quedado quieto? Fabio se gira y ve, desde abajo de la cama, como Roberto mira hacia arriba, su padre mira algo que él no alcanza a ver.

—Esas cosas a uno no se le pasan, toca cargarlas y seguir, o uno no se mueve más . . . Cuando yo tenía tu edad, Fabio—empieza a contar Roberto—, vivía muy lejos de esta ciudad, y me pasaba todo el día saltando piedras. Piedras enormes, del tamaño de las casetas de los vigilantes. Saltaba de piedra en piedra sobre un río que quedaba cerca de mi casa. Las piedras estaban lejísimos unas de otras, tan lejos, Fabio, y aún así yo las saltaba sin caerme. Hoy ya ni loco salto así, Fabio, no quiero ni tratar . . . porque sé que puedo caerme. Es algo que no voy a hacer más, no recuerdo cómo se hace ni por qué lo hacía. Solo estoy seguro de que ya no puedo, me da miedo. Pero pues no es pa'esconderse, a las piedras tampoco les importa que yo ya no salte.

Fabio se esconde del mundo porque el mundo le miente, le teme a la ciudad y prefiere quedarse quieto, bajo su cama. No quiere moverse por el mundo con torpeza. Fabio no entiende a su padre, contempla con asfixia las tablas que sostienen el colchón de su cama mientras Roberto contempla algo afuera. Hay algo afuera que, por estar bajo su cama, Fabio no alcanza a ver.

Pero para qué salir. Fabio ya sabe cómo es el mundo afuera. Afuera está lleno de personas que le regalan ventiladores a sus esposas cuando tienen frío, de personas que gastan su vida entera trazando líneas en mapas, de personas que ya no pueden salir a jugar por miedo al sol, personas que ya hace años dejaron de saltar de piedra en piedra como si fuera invencibles. Afuera no siempre es mejor.

Pero tal vez sí hay más aire.

FABIO sueña.

Sueña que se agarra a la corteza de un árbol altísimo, infinito. No tiene raíz ni copa, solo un tronco enorme que atraviesa todo. Una fila de diez hombres trepa el árbol frente a él, ellos se agarran de las ramas del árbol moviéndose con rapidez, como si los palos fueran escaleras. Fabio los sueña, intenta subir tras ellos, pero solo abraza su cuerpo contra la corteza. Son soldados, avanzan rápido como zancudos de patas largas, se visten con los colores de la corteza. Cuando Fabio trata de subir por las ramas, la madera se rompe, no soporta su peso. Es un sueño y ya sabemos cómo termina, Fabio se va a caer.

dices que vas para abajo

Pronto la madera del árbol se vuelve una barca que navega un río, una canoa extensa, infinita. No tiene proa ni popa, solo una superficie larga y prolongada que atraviesa el agua. En el litoral descansan las casas de sus vecinos, Fabio reconoce su rincón de la ciudad, pero en lugar de calles corre el agua. Fabio todavía sueña que se puede caer y se aferra a la madera de la balsa como si su vida colgara de ella.

pero todos te ven subir
dices que vas para abajo

El río es ancho y furioso, los soldados frente a él ahora navegan como si el barco nunca hubiese sido un árbol. Con la mirada en un horizonte que Fabio no ve, que no alcanza a soñar. Para que la balsa se mueva los diez soldados soplan, con todas sus fuerzas, en la dirección contraria a la corriente del río. Son el batallón del viento, por orden del emperador Julián buscan a un viejo llamado Atanasio, tienen la orden de matarlo.

bajaré por el río, llegaré más rápido
pero todos te ven subir
dices que vas para abajo

Río arriba baja una balsa con dos hombres, Fabio reconoce a uno de ellos, es calvo y barrigón, muy parecido a un dedo gordo, es Alberto, el esposo de Alicia. Fabio nunca lo ha visto, pero es su sueño y sabe quién es. Sobre la cabeza de Alberto reposa una pecera redonda abierta en la parte de arriba. Alberto es un pez que muere de sed, no respira. El otro hombre es más viejo, tiene una capa roja y una barba sucia que llega hasta el piso de la balsa, su piel brilla como el plástico.

algunos te escuchan decir

bajaré por el río, llegaré más rápido

pero todos te ven subir

dices que vas para abajo

Los diez soldados dejan de soplar, levantan en sincronía su mano derecha para pedirle a la otra balsa que se detenga. Hablan al unísono, como si tuvieran la misma mente. *¿Han visto ustedes a un hombre llamado Atanasio, navegando por este río?* Alberto no contesta, no respira, es un pez sin agua, muere de sed. El viejo contempla el río, su piel brilla con el reflejo del agua, responde: *sí, lo he visto en el agua.*

al mar va mi cuerpo cansado

algunos te escuchan decir

bajaré por el río, llegaré más rápido

pero todos te ven subir

dices que vas para abajo

Los hombres murmuran entre sí, emocionados, en coro exclaman. *¿Está cerca?* El viejo piensa y luego responde: *si siguen navegando río arriba, lo cruzarán.* Los soldados continúan remando coordinadamente, Fabio se sigue aferrando a la canoa como si fuera un árbol del que se puede caer, pero al cruzar la balsa de Alberto reconoce la barba del viejo que lo acompaña, está hecha de pelusas, un millón de pelusas que Alicia ha tejido con los mosquiteros de su casa, es San Atanasio, es el hombre que están buscando.

nadie cree que puedas cumplir

al mar va mi cuerpo cansado

algunos te escuchan decir

bajaré por el río, llegaré más rápido

pero todos te ven subir

dices que vas para abajo

Fabio sueña que avisa a los soldados, *ese hombre es Atanasio, el hombre de la balsa que acabamos de cruzar es el hombre que buscan.* Los diez voltean a verlo como si solo hasta ese momento se percataran de su presencia. *¿El viejo mintió?*, dicen en coro. Fabio piensa, no, sueña, no, no ha mentido, no completamente, no con sus palabras. Los soldados siguen remando contracorriente a través del río esmeralda. Alberto y San Atanasio escapan río abajo, pronto llegarán al antiguo cementerio.

dices que vas para abajo

nadie cree que puedas cumplir

al mar va mi cuerpo cansado

algunos te escuchan decir

bajaré por el río, llegaré más rápido

pero todos te ven subir

dices que vas para abajo

Fabio insiste. *Ese hombre es Atanasio, lo están perdiendo, están perdiendo a Atanasio.* Los soldados observan de nuevo a Fabio y con la mirada le quitan la voz. En su garganta crece una bola que no lo deja hablar, es una cantidad de pelusas de la barba del santo. *Que no se te olvide,* exclama en coro el batallón del viento, *que no se te olvide lo importante.* Fabio suelta la balsa de madera que alguna vez fue árbol y cae.

Fabio despierta.

—MALICIA, ÁBRAME, YO NO SOY SU HIJO—grita Fabio frente a la puerta de su vecina.

—Eres tú, Fabio.—Alicia abre la puerta muy lento, sonriendo.

—No me va a creer lo que encontré.

—¿Qué mentira me trajiste? ¿qué te dijeron ahora?— dice Alicia, empezando a formar una pelusa nueva con las pelusas del mosquitero que cubre la biblioteca.

—El mar Alicia, pero es de verdad. Encontré un mapa que me moja los dedos ¿ahora sí me va a creer que el mar existe?

Alicia se aparta del mosquitero y mira a Fabio, así, sin moverse, parecen casi de la misma altura. La boca de la anciana sigue sonriendo, hoy tiene la mirada más triste de Bogotá.

—Palabras, Fabio.

—No son palabras—la interrumpe Fabio—, también encontré una fruta amarilla que parece un huevo de dinosaurio. Si hay huevos de dinosaurio, tal vez los dinosaurios sí existieron. Marina dice que por dentro tiene unas pepitas ácidas que . . .

—¿Marina?

—La hija del vendedor de frutas, sí, ella antes tenía mi bicicleta, pero no la puede montar porque el sol la vuelve un mapa y eso le duele y hace que se rasque. Yo ya le pedí que lo haga otra vez para que usted vea. Venga, Alicia, vamos y se la presento.

—No puedo, hijo, estoy muy cansada—Alicia se sienta en el sofá.

—No sea perezosa, Alicia, camine, seguro hasta le hace bien, son solo dos cuadras.

Fabio mira a Alicia, disminuida y diminuta, que ahora contempla, casi con nostalgia, la mesa en la que reposa la figura plástica de San Atanasio.

—Pensé que me ibas a traer alguna mentira, Fabio.

—¿Para ponerle una pelusa al santo?—Alicia mira a Fabio y sonríe, casi sin energías para responder.

Fabio se acerca a Alicia y con la mano derecha toma de la mesa la figura de San Atanasio, lo desliza desde la parte más alta del mosquitero hacia abajo, recordando su sueño.

—Alicia, hay algo que usted no me está diciendo.—La anciana abre los ojos de canica, se queda en silencio—Si el mar no existe . . . ¿a dónde van a parar los ríos?

Alicia lo mira callada.

—¿Por qué no, más bien, me traes una de esas frutas

amarillas a ver si te creo el cuento de los dinosaurios?
Después podemos discutir sobre los ríos.

Con el mar en mente, Fabio sale corriendo hacia su casa, después irá a casa de Marina y luego juntos irán a mostrarle a Alicia las pitayas prehistóricas, a mostrarle el sol que crea los mapas alergia en la piel de Marina, que se parecen tanto a la idea que Fabio tiene de un mar que en realidad nunca ha visto. Alicia, sola en su casa, cierra los ojos y escucha el ruido de la ciudad. Siempre es la misma, la respiración del monstruo.

EN LA PUERTA DEL garaje en la que está instalada la verdulería, Marina espera a Fabio haciendo malabares con tres limones medianos. Fabio ha traído, rodando a su lado, a la bicicleta salmón, que ya no sabe si es suya o es de ella, pero que en todo caso ha olvidado cómo montar. Las represas de los ojos de Marina vuelven a brillar al ver la bicicleta, todavía con los limones en las manos se acerca.

Él, que no sabe si moverse o no, decide hablar.

—Vengo a comprarte una pitaya.

—Ah—dice Marina—quédate aquí, voy a preguntar.

Fabio observa las frutas, una a una, buscando en ellas la prueba de la prehistoria. Naranjas, manzanas, granadillas, tomates. Las de siempre, plátanos, mandarinas, mangos. Ni agresivas ni legendarias, de ninguna de ellas nacería nunca un dinosaurio. ¿Dónde estaban las pitayas?

—Llegan mañana—dice Marina, volviendo de la parte de atrás de la tienda, donde Fabio cree que vive.

—Pero necesito mostrarle a Alicia que hay huevos de dinosaurios, necesito mostrarle hoy.—Fabio no puede esperar, siente que Alicia lleva mucho tiempo creyendo que el mar no existe, que Alberto la engañó. Alicia no puede esperar.

Marina encoge los hombros, está inmóvil, todavía sostiene los tres limones en sus dos manos, ahora sus ojos de represa miran concentrados a su antigua bicicleta. Uno de los limones cae, llega lentamente hasta los pies de Fabio, fruta que gira por el suelo como rueda blanda.

—Ya sé dónde hay pitayas. Pero vamos a necesitar la ayuda de la jauría.

MARINA HA TRAÍDO DE SU casa ocho cintas moradas y dos tubos redondos. Ha atado con cuidado las cintas al manubrio y ha sonreído complacida. Ha encajado los tubos en los dos tornillos que salen de la rueda trasera de la bicicleta, esos que a Fabio siempre le han parecido tan inútiles. Marina se ha puesto la capucha de su chamarra y se ha cubierto la cara con un pedazo de tela enorme. Marina se ha acomodado en el sillín y le ha dicho a Fabio que se pare en los dos tubos que ahora salen de la rueda trasera.

—Agárrate y no me sueltes que te caes.

—Aunque te suelte no te suelto—dice Fabio, sonriendo, sin saber bien por qué.

Marina patea el asfalto con el pie derecho y empieza a pedalear. Las cintas del manubrio bailan con frenesí, el pavimento anda rápido bajo la bicicleta. Fabio siente el aire de Bogotá raspando sus mejillas. Suelta los hombros de Marina, alza los brazos, siente el viento, cierra los ojos. Ya no tiene que saber a dónde va. Fabio cierra los ojos y ya no es polvo lo que lo atraviesa. Cierra los ojos, siente el frío en las manos, en los labios, en los párpados. Cierra los ojos y siente el cielo, el sol, el hollín. Fabio cierra los ojos y se mira por dentro.

Sobre el suelo polvoriento de Bogotá empiezan a rodar las llantas de la jauría que han vuelto a perseguir a la bicicleta salmón como si nunca hubieran dejado de hacerlo. Pablo, Carmen, Alex, Guadalupe y Fran pedalean en manada celebrando el regreso de su líder. Fabio y Marina se precipitan sobre las calles de la ciudad monstruo, juntos son capaces de hacer todo tipo de pruebas, no le tienen miedo a nada. La bicicleta salmón puede ser cualquier animal, uno de los caballos de Gengis Kan, un tigre de Bengala, el último dinosaurio que sobrevivió a la extinción. Dinosaurio que ahora recorre las calles frías de Bogotá rumbo al antiguo cementerio, a buscar la fruta prehistórica que pruebe su existencia.

Suben y bajan, siguiendo la curvatura del cerro sobre el que reposa el barrio, se dejan caer, colina abajo, aúllan, tocan el suelo con las manos, chillan, celebran. La jauría de niños ha recuperado a su líder, que nunca fue Fabio y siempre fue la bicicleta.

De tanto entregarse a la caída, con los brazos abiertos y los ojos cerrados, las bicicletas han llegado al antiguo cementerio, hogar de reposo de máquinas que en algún lugar deben detenerse cuando no se están moviendo. Hay más buses de los que Fabio puede contar, todos pintados de blanco, todos resistiendo al cambio con un triste letrero azul que señala su condena.

También el cementerio era provisional.

Las bicicletas de la jauría se ven diminutas al lado de los monstruos de metal, pero ninguno de ellos tiene miedo. Están juntos y eso es lo único que importa, es más de lo que tenían ayer. Fabio, por su parte, tiene muy pocas certezas, tan pocas que las puede contar con los dedos de una sola mano. Sin embargo, la única que necesita en este momento es la de su dedo meñique, es una verdad simple pero infalible: a Roberto no le gusta limpiar el bus. En algún rincón del estacionamiento descansa la enorme y provisional máquina del padre de Fabio, con 10 frutas prehistóricas aún rodando por el suelo.

—Dentro de uno de estos buses se encuentra un huevo amarillo de dinosaurio—le grita Fabio a la jauría, recordando la autoridad del batallón del viento—,

necesitamos encontrarlo.

Contra todo pronóstico y por primera vez desde que
Fabio tiene, y no tiene, memoria, los pies de los niños de la
jauría tocan el suelo. Pablo toma un pedazo de chatarra,
antiguo parachoques de un antiguo bus y lo usa como
palanca para abrir las puertas de las máquinas. Guadalupe
decide trepar a los techos, y accede a los vehículos desde
los tragaluces. Carmen confía en su olfato y cierra los ojos
al entrar a cada bus para detectar mejor el olor de la
putrefacción del huevo. Fran, más valiente que nunca, gatea
por el piso de los buses y mete sus manos entre las costuras
de los asientos. Encuentra monedas, masas y fotos de
documento que los habitantes de Bogotá han dejado
escondidas con miedo al olvido.

Alex grita desde el fondo del estacionamiento, ha
encontrado el bus de Roberto. Abre la puerta plegable con
dificultad, sube las escaleras del bus y dentro de la cabina

del conductor, detrás del pedal del freno, encuentra una pitaya del color del sol, muriendo.

Caminando sobre sus dos piernas y con una fruta entre las manos, Alex se acerca orgulloso al amigo que creía perdido. Fabio también camina hacia Alex y lo abraza, Alex teme volver a perderlo.

Con el ritmo de la respiración del monstruo, la jauría sube la colina, desde el antiguo cementerio hasta la casa de Alicia. Fabio tiene la fruta entre las manos y Marina se para sobre los pedales para impulsarse y soportar el peso de la prehistoria. La jauría llega a casa de Alicia y parece que todos los vecinos se le han adelantado. Los habitantes del barrio inundan la calle, vienen a presenciar la comprobación de la prehistoria, piensa Fabio, la prueba de que el mar existe.

—Fabio, ¿dónde estabas metido?, te estaba buscando.— Ana tiene una nueva voz, esa no es la voz de su madre, Fabio no la recuerda así.

—Ya vengo, mamá, tengo que mostrarle a Alicia esta pitaya—Fabio baja de la bicicleta sin ningún esfuerzo, se lanza hacia el gentío sosteniendo todavía la fruta en las manos, abriéndose paso entre las personas, hasta que en sus hombros las manos robustas de su padre lo detienen.

—No vas a poder visitar a Alicia, Fabio.—Su padre ya sabía, ya se lo había dicho, su padre se lo dijo y Fabio no le creyó.

Fabio se voltea, Ana está llorando, la jauría lo mira a lo lejos, cada uno con la bicicleta en las manos, con los pies en el suelo. Un nudo se empieza a tejer en la garganta de Fabio, un nudo de pelusas que bien podría ser parte del altar de algún santo. Fabio no reconoce a su mamá, que se llama Ana y no llora, que hace pan y no llora, que canta bachata y no llora. Fabio nunca antes la ha visto llorar.

—¿Por qué? ¿Por qué no puedo ver a Alicia?

—Se fue, Fabio, ya no está—le dice su madre, otra vez con esa voz. Fabio no le cree, no le cree a la voz del llanto.

Se escabulle entre las piernas de los vecinos y logra entrar, aún con la pitaya en la mano, a la casa de Alicia. Los muebles están en el mismo lugar en el que estaban la última vez que Fabio la vio. El polvo vuela lento por la habitación como si el aire pudiera sostenerlo, San Atanasio reposa inmóvil en la mesa del medio, en un mar de pelusas que ya no va a crecer. Nada ha cambiado de lugar y nada tiene razón de ser, ningún mosquitero, ningún abanico, ningún ventilador tiene ya sentido. Las esporas se mantienen inmóviles en el aire esperando a que alguien las atrape.

Fabio sale de la casa de Alicia, le grita a su madre y trata de atravesar la multitud de cuerpos que repiten bajito, *Mamalicia,* llorando, *la mamá*, dicen. No dejan que Fabio se mueva. *Se nos fue, la mamá se nos fue.*

—Pero ella me estaba esperando, no se iba a mover ¿a dónde se fue?

Ana duda, se arrodilla frente a Fabio y lo mira a los ojos, vuelve a dudar.

—Al mar . . . Alicia se fue al mar con su esposo.

—Palabras—dice Fabio, tan bajito que no sabe si lo dice o solo lo piensa. La pitaya putrefacta rueda una vez más por el suelo, de ella no nacerá nunca un dinosaurio.

Las bicicletas de la jauría yacen acostadas en el asfalto. Marina ha dejado la bicicleta salmón a un lado y parece entender, tal vez mejor que Fabio, lo que está pasando. En su cara nacen mapas de alergia trazados por el sol. La represa de agua se rompe, y de ella nacen ríos que también son prueba del mar. Todos lloran, la calle se ha vuelto un carnaval de agua salada. Si Alicia no ha ido al mar, el mar ha ido a ella, solo para encontrar que ella se ha ido.

Fabio necesita moverse, hacerlo rápido y sin esfuerzo. Toma la bicicleta que ya no es de nadie, tiene un pie en la acera y otro en el pedal, Fabio no piensa en recordar, Fabio no piensa. Empuja el piso y se impulsa, pedalea, el manubrio tiembla, la rueda delantera se mueve como si quisiera salir rodando fuera de la bicicleta. Rodea el parque, pasa por la verdulería, alcanza a ver las puertas abiertas y abandonadas de cada una de las casas en las que ha repartido pan, están vacías. Baja la colina hacia el antiguo cementerio y, allá donde se acaba el barrio, Fabio sigue pedaleando. Otra calle al frente, de nuevo la ciudad. Sube y baja colinas de calles estrechas y luego amplias, quiere llegar al final. Quiere que se acabe. Atraviesa piedra y pavimento y sigue pedaleando. Bogotá crece sin paciencia y Fabio, diminuto, ya no escucha el ruido de los vecinos, solo existe el rumor de la bicicleta, solo existe la respiración del monstruo que lo devora, calle tras calle, tras calle, en una ciudad que no termina de construirse, que no termina.

Ahí va Fabio el de la bicicleta, Fabio veloz, Fabio ¿te vas?

Fabio te has ido . . .

neverforgotten

neverforgotten

WRITTEN BY **Alejandra Algorta**

ILLUSTRATED BY **Iván Rickenmann**

TRANSLATED BY **Aida Salazar**

LQ

MONTCLAIR · AMSTERDAM · HOBOKEN

This is an Em Querido book

Published by Levine Querido

LQ

www.levinequerido.com • info@levinequerido.com

Levine Querido is distributed by Chronicle Books LLC

Text copyright © 2019 by Alejandra Algorta

Illustrations copyright © 2019 by Iván Rickenmann

Translation copyright © 2021 by Aida Salazar

Originally published in Colombia by Babel Libros

Library of Congress Control Number: 2021932342

ISBN 978-1-64614-094-7

Printed and bound in China

Published August 2021

FIRST PRINTING

neverforgotten

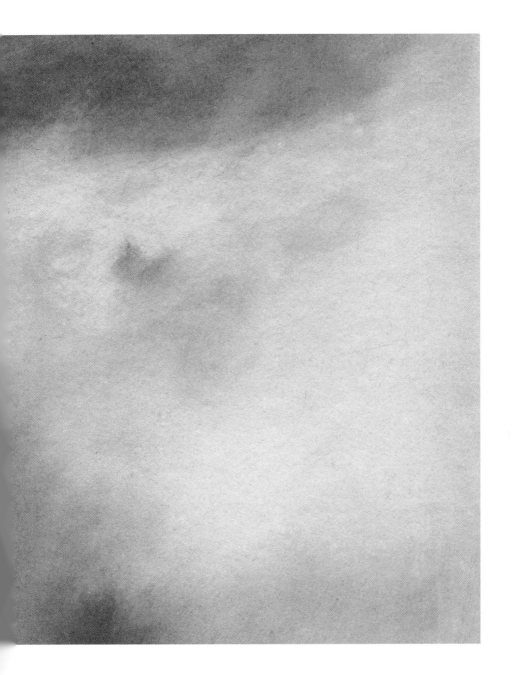

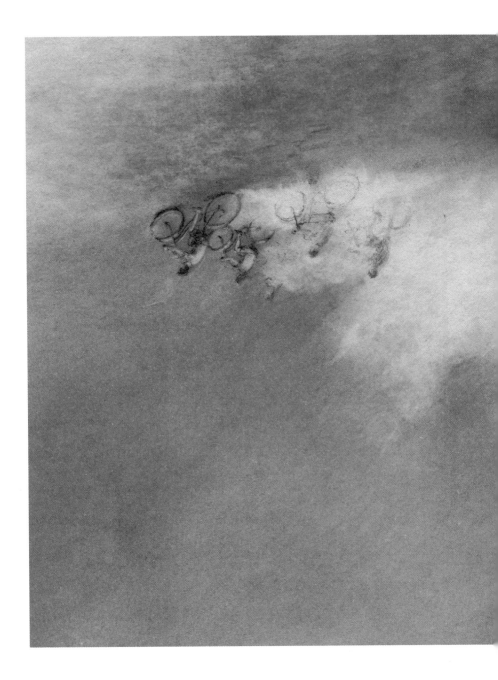

. . . and if when I speak I make
the same mistakes as others,
I'd say: I am from here
you did not befoul me in vain.

—FABIO MORÁBITO

On the day Fabio forgot, the
sun was merciless.

HIS BODY WOULD NO LONGER do what it had done so
many times before, and now, his knees do nothing
but scrape the ground. His parents told him the body never
forgets. One cannot lose what's learned through the flesh,
the way in which we walk, dance, run. It is there within the

body (the way the fork must enter the mouth so as not to crash into the teeth) and what the body knows, it knows forever. But Fabio forgot how to ride a bicycle and now he believes his parents have lied to him.

And it isn't as if he is a forgetful person, Fabio remembers all of the telephone numbers of the houses in which his mother has worked, he remembers the price of every bus fare in the last three years. Fabio remembers, also, things he hears and does not understand, like *velocityisequaltodistancedividedbytime* or *morewaslostinthedelugeandnothingwasmine.* Yet Fabio, forgot how to ride a bicycle.

Fabio has never felt any different; he is not the shortest nor the tallest in his class, nor is he the fattest nor the skinniest. In his neighborhood, they haven't given him a nickname and he has never been without anything important. He appears to be an ordinary boy. His eyes are the color of honey and his skin is the color of a tree. No, his

skin is not tree-colored, it is a yellowish color that wants to be brown, as if someone tree-colored lost their bark. Fabio has also lost that small space in the brain where one keeps memories forever, like the memory of riding a bicycle. It is a tiny rock in the rear of the brain just above the neck. There, in that tiny rock, the body keeps safe what cannot be forgotten. Sometimes Fabio uses his fingertips to touch the place where the little rock should be, but he only feels the hollow.

Perhaps he forgot because he learned on a Wednesday. The children in Bogotá normally learn how to ride bicycles on Sundays, but Fabio's father can't teach him to ride a bicycle on that day because on Sundays, Fabio's father works. Roberto drives a bus and he looks so much like Fabio, though he is somewhat plumper, a little bigger, and a bit more serious. You have to be very serious to drive buses in a city like Bogotá, especially during times like these when movement is a business and no one lets anyone work

anymore. But those are things Fabio hears his father say and which, in reality, he doesn't understand all that much. What Fabio does understand is that people need to move to live and that Roberto, his father, makes sure they can move about the city without any major problems. The advantage of having a job so important like his is that Fabio's father is one of the few people who knows just how big Bogotá is, and how much it grows each day (from 30 centimeters to 10 blocks). The disadvantage is that Roberto could only teach his son how to ride a bicycle on a Wednesday, the one day of the week in which what is learned is forgotten.

Or perhaps he forgot because the bicycle was the color of salmon. Fabio's mother, whose name is Ana and who has the softest hands in the city, made a deal with the fruit man in the neighborhood and traded eight bags of her sweet bread rolls for his daughter's used bicycle. The bicycle had always been salmon colored, with brilliant ribbons falling

from the frosted handlebars. Fabio's mother cut the ribbons from the handlebars on that terrible Wednesday, when Roberto, her husband, said:

"Fabio is not going to school today, I'm going to show him how to ride a bicycle."

Or, Fabio suddenly forgot because he never learned to ride with training wheels. To both Roberto and Ana, it seemed silly to teach Fabio to ride a bicycle with training wheels, only then to teach him how to ride without them. Besides, for Roberto, that his son would learn to ride a bicycle without training wheels made up for the fact that his bicycle was salmon colored. Fabio doesn't understand the embarrassment his father feels because of the color salmon. And it has nothing to do with how the memory of fish (salmon, snappers, and anchovies) lasts only ten seconds, the same amount of time it took Fabio to forget.

Roberto is embarrassed because for him, the color

salmon is the color for little girls and sky blue is the color for boys. His world is divided between boys and girls and the things which belong to each: salmon are for girls, sharks are for boys, sky for boys, earth for girls, pants for boys, skirts for girls, soup for girls, dry rice for boys.

In any case, since the day he learned to ride, the bicycle no longer belonged to the boys and girls of the world, it belonged to Fabio, and it never stopped being the color of salmon.

"Get dressed now, Fabio, if you want to ride a girl's bicycle you will do it like a man," said his father that Wednesday when, against every forecast, Fabio learned to ride a bicycle.

"Ready?"

"Ready."

With his left hand, Roberto held the handlebars, and with the right, the seat of the bicycle.

They hadn't begun to move when Fabio felt the

impossibility that the bicycle would hold itself upright without the support of his father.

"Pedal now, you won't fall, pedal calmly and hold yourself with strength."

With his elephant legs, Roberto began to run, it couldn't be so simple, it was a hoax, it was a great cosmic joke. Fabio inhaled and exhaled with quickness, he thought *I trust* and he chose to trust his father, he thought *I can do it* and he did. After all, his father's job is to make it so people move. If his father transports the people of the city from one place to the other with confidence, he can move Fabio from one end of the block to the other.

"Dad, please don't let me go." Fabio's knees melt with fear.

"If I don't let you go, you won't learn," his father says.

"Don't let me go."

"I won't let you go."

"You won't let me go?"

"Even if I let you go, I won't let you go."

Fabio pedals and each time, the bicycle goes faster, and the street becomes less long. The neighbors come out of their houses eager to see Fabio fall. Roberto lets go of the bicycle. Fabio doesn't understand.

"Pedal!" his father yells.

"Pedal, Fabio!" yell his amused neighbors.

The handlebars shake, the front tire moves as if it wants to fly off its metal ties. Fabio pedals and rests all of his weight on the handlebars. It is an iron tube resting on another tube, chained, with two wheels. How is it possible that a machine so thin can hold all of his weight and move like this?

The street ends. Fabio no longer hears anything and knows he must turn to the left. He stops pedaling and the bicycle continues to glide on the concrete. Fabio tightens his grip on the handlebars and veers slightly to the side. Already another street lies before him, once again, the city.

He continues to pedal and he grows, Fabio grows alongside his bicycle and he cannot grow any more while at the same time be so light. His neighborhood is small and he is enormous: the great Fabio, who with his salmon bicycle will manage to fly over the city.

Since that day, Fabio no longer was Fabio, skin the color of a tree and ordinary. Now he was Fabio of the bicycle, fast Fabio, Fabio, are you leaving? Fabio, you have gone. And just as his father moved people from one place to the other in the city, Fabio now too needed to move to live.

And like this, through living, Fabio and his bicycle grew into each other in the way only two parts of the same body can meet. Fabio knew the exact distance between his hand and the brake lever, the bicycle knew when Fabio was going to turn (because he pulled his knees inward). The two knew at which speed it was safe for Fabio to let go of the handlebars, the bicycle became a wave that carried Fabio while he raised his arms and felt the wind. She knew that

Fabio's weakness was behind his knees and Fabio knew that the bicycle had two extra screws that protruded from the back tire, but they loved each other just the same. The bicycle was one of a kind: since the moment Fabio could hold his balance and control the air, travel the city that opened up ahead of him, the bicycle was his. Even though it was salmon colored and even though his mother cut the ribbons from the handlebars that Wednesday morning, already beginning to feel so far away.

Fabio grew while atop his bicycle, his legs grew such that they became skinny but strong; his eyes also grew and they now could see more; his hearing became more keen; his hands, now filled with calluses, had the firmness of an oak. Just as his legs, so grew his fears. Fabio knew there were moments when he should pedal with strength to flee from danger, from the dark and empty alleyways. Fabio had never been a cowardly boy but he always felt it in his body

when it was time to run, something which, in a city like Bogotá, is right and just (in truth, it is right and just).

The neighborhood in which Fabio lived had always been full of dust. His mother would say it was because it was under construction. And because to create something you have to destroy first, the dust was a memory of the things that were there before and which now waited to be turned into new things. Born of all of its failed plans, Bogotá was a monster made of dust with a hunger for more.

Ana also says that Fabio's neighborhood used to be a town on the outskirts of the city, but the monster began to grow and ate the town and others that also became a part of it. The streets folded themselves against the skirts of a hill, and what was once expansive and illuminated turned narrower and darker.

Though that was not the monster's fault. Those to blame were the people who had children, who in turn had more

children, the blame belonged to people who didn't have enough with one family and needed two or three, the blame was on the construction workers who, to be better construction workers, needed to practice and expand their own homes.

They'd call building a flat "to lay down an iron," and Fabio imagined all of his neighbors bringing irons and smoothing the ceilings of the house so that it was without a wrinkle, now that it was about to grow. Where there used to run a river, now there was a cracked street, and all of the neighbors brought full pots and pans to see and celebrate the birth of a new apartment. What grows is the home, the neighborhood, and the city. Now nobody asks themselves who is that monster named Bogotá and who is responsible for how much it has grown.

In Fabio's neighborhood they laid down so many irons the plants hardly found light to grow, which made the dust seem as if there were more of it, and the cold seem colder.

Luckily, there is a park where the grass grows freely because there is nothing to cast a shadow. The park used to be an abandoned field and when the city began to expand, it became the only space in the neighborhood where greenery grew wild, so they decided to let it be and name it a park.

Almost all of Fabio's neighborhood is on a slope, it climbs and falls against the curves of the hill on which it rests. If anyone were to let themselves fall down the hill, they'd reach the cemetery, an enormous lot that now serves as a parking lot for Bogotá's buses, which rest there when not moving through the city.

Strangely for Fabio, the neighborhood through which he journeyed on his bicycle was much more illuminated than the one he walked, was warmer, more fleeting, softer, more bird than cage. When he was on his bicycle, the dust danced with him, it would lift itself from the ground and soar through the air with violence, only to find he'd gone.

Nothing could reach him, even Bogotá's dirtiest and darkest corners swelled into waves that crashed harmlessly as he passed. Fabio knew how to escape, his home always one pedal away in the distance.

As soon as Fabio stopped walking (and he stopped walking because his only form of transportation was now his bicycle), other boys and girls like him began to follow. They were attracted by the rumors the neighbors spread about Fabio, half boy and half bicycle, able to pedal while asleep, able to control the tires with his mind; the pack of bicycle-children found their leader. They say Fabio doesn't have a house, his bicycle is enough. They say Fabio is made of rubber, no fall can harm or break him. They say Fabio is the son of Hecate, the goddess of the wheel. They say Fabio's feet have never, ever touched the ground.

Secretly, Fabio was afraid of the pack of kids who followed him and never stopped to rest. Pablo, Carmen, Alex, Guadalupe, and Fran, who had no worry in the world

and who tore through the city streets ready for any danger, they did not fear a thing. Their bicycles could be any animal, one of Genghis Khan's horses, a Bengal tiger, the last dinosaur to have survived extinction. Fabio was the fastest and though this made the pack follow him, it made it so that with little effort, he could leave them behind.

In this way, as if by each pedal of his bicycle, the days also accelerated, and three entire years passed. Three years in which, just as the rumors of the neighborhood whispered, Fabio's feet hardly touched the ground.

He was certain he could flee, Fabio was invincible, even if there were very few occasions when, in fact, he fled. But just in case, Fabio would go to school on his bicycle, and he returned by bicycle to deliver the bread his mother made to the neighbors.

Ana would say she wasn't a baker, but she could be if she wanted. She made bread almost as soft as her hands. Fabio

always thought his mother was a baker indeed, even if she denied it. What makes a baker be a baker? He didn't think it possible that Ana would go her whole life making bread without anyone being able to call her a baker, but she didn't like such labels.

Before making bread, Ana had spent many years cleaning and cooking in the homes of people who didn't know how to clean or cook. The last house she was in belonged to a very elegant lady whose eyes shed tears when she ate Ana's bread with avocado. Ana did not mind that the lady cried when she ate bread, it bothered her that she'd turn down the volume on the radio and ask Ana not to sing. *Flavor is flavor, ma'am, and in my kitchen if you can't dance, then you can't make a thing.* So, they fired her and Ana began to bake bread for the neighborhood and to clean her own house with the radio volume at full blast, dancing the entire time.

Ana's favorite music is bachata by this man who sings on

the radio and whose name is Romeo. Sometimes she says that she fell in love with Roberto, Fabio's father, because when he was a young man, he looked like Romeo. Fabio has heard about the story of Romeo and Juliet at school and he was glad his mom did not end up with Romeo and that now she's his mother. The story of Romeo and Juliet does not end well.

IT WAS DURING HIS DELIVERY of bread that Fabio met Alicia, or, as others called her, "Mamalicia." All Fabio knew about the neighbor was that she ate a lot of bread, and she had the name of a villain, a mother villain. Why? Fabio didn't know—she lived alone and didn't seem to have any children.

"She took care of all of us as if we were her own children," Ana explained to Fabio one day. "Alicia is better than bread, she's a mother."

"If she's such a great mother then why don't her own kids call her mother?" Fabio replied.

"Because she doesn't have children to call her mother and that's why we do it ourselves."

"But *you* are my mom, I can't have two."

"Of course you can. Where did you come up with that idea?"

Almost all of the discussions with Ana end with questions that Fabio can't answer. That's how Fabio's parents argue, with questions. At times, a full night will go by filled with their hollering questions and nobody answers anything. Until finally, they fall asleep tired of so many doubts. Sometimes, though, Ana is in no mood to ask questions all night, with no prospect of answers when all is said and done, and so she gives in and lets Roberto have his way. There is nothing in the world that makes Roberto sadder, but Ana doesn't know this. To be told one is right is the invisible crown given to lonely people who don't have

any friends. And Roberto is, in and of himself, a very lonely man, and it only adds insult to injury if the love of his life silenced him with the invisible crown of having been told he is right. Roberto would much rather live his life asking questions than to be right for one single second. But he has never said this to Ana and since he's never told her, Ana doesn't know.

During that time, Fabio thought being right wasn't so terrible, it is something ten-year-old children like to be. When Fabio does forget how to ride his bicycle, he will hate all of the moments, even if there were few, where Ana let him be right. Like the time when Fabio thought he had the power to make time pass more quickly, and she said, "Fabio, there is nothing truer than that."

When Fabio forgets, he'll no longer want to be right, he is going to look for the truth and he will feel even his mother lies to him.

Fabio did not believe this when he met Alicia, because

then Fabio had not yet forgotten anything. The problem with having to deliver bread to Alicia is that he couldn't deliver the bread with his bicycle, he had to do it by walking because Alicia lived just next door. That put Fabio in a really foul mood—it took all of the thrill of his job away, he could not feel skillful when carrying the bag of bread with one hand and with the other hold on to the handlebars of his bicycle, he could not swing the bag of bread through the air to spread the smell of freshly baked bread made by his mother throughout the entire neighborhood.

Delivering bread was always the same. He'd knock on the side door and Alicia would peek through but never unlock the dead bolt. Her eyes were two hidden marbles inside the sea of wrinkles on her face.

She had gray hair the color of a dusty curtain.

Fabio was sure Alicia's parents made her with too much skin. Her frame was small but her skin, upon stretching, could cover whole countries. Her parents must have made

her that way, but then folded her in a million little pleats so that Alicia could move in the world with ease.

"My son!" she'd say the moment she saw Fabio. "It's you."

"I'm not your son, Alicia," Fabio would say with the fear that she was confusing him with another.

"It is true, Fabio, you're right," Alicia would respond while opening the door to receive the bread that belonged to her.

THE DAY FABIO forgot the sun was merciless. He woke up like any Sunday to grease the chain of his bicycle before going to deliver bread to the neighbors.

"I need you to go to Mamalicia first," his mother tells him, "she hasn't called me this week and I want to see if she needs anything."

"But I have my bike ready!" Fabio answers, indignant.

"It doesn't matter, take the bike on foot and don't forget the bread."

There is nothing that Fabio finds more foolish than walking with his bicycle. Before leaving, Fabio wishes Mamalicia all kinds of terrible things, he hopes she has unwound, he hopes she got tangled in her skin and fell, he hopes her marble eyes are rolling on the ground. Plus, it isn't good for people to see the leader of the pack of bike-riding children touching the ground. Walking is dirty, especially when it is not necessary.

Walking makes Fabio feel like a city pigeon, picking at dirt when it should be flying between rooftops. That is why Fabio decides to go to Alicia's by bicycle. It is ridiculous and he knows it, but it's more foolish to carry your bike next to you and not use it.

Fabio has the bag of bread on his arm, one foot on the ground and one on the pedal. He's going to glide about three concrete tiles to get to Alicia's house, give her the

bread, and ask her how she is. She will answer, but Fabio will not be paying attention, he will be thinking about riding his bike again, and he will, as soon as she finishes talking and lets him go out again to the street, to his street, to Fabio's street, from Fabio's neighborhood, in a corner of Fabio's Bogotá, in the world that is Fabio's when he travels it. That is what will happen, that is what should have happened.

He kicks the ground with his left foot and rises on the pedal, pushes decisively—but loses his balance, loses control of the handlebars, loses also the bag of bread that flies through the air, future food for the pigeons that Fabio finds so silly. Fabio falls.

Fabio has fallen before, hundreds of times since the day he learned to ride a bike. But this time it feels different, something is missing, something is out of place. He stands next to his bike and looks closely, looks carefully at the chains, at the brake cables, everything seems fine. So he

decides to ride again. Might as well go home for more bread, ring Alicia's doorbell again to see if she is okay, maybe deliver bread to the other neighbors. But that is not the plan, that was never the plan, the plan is the bicycle. And now the most important thing is to get back on. The most important thing is that Fabio has fallen, and falling must never be the last thing one has done.

One foot on a pedal and the other on the ground, he propels himself, moves, pedals, stays balanced. It seems easy but Fabio can't do it, he falls again. He thinks of his mother and falls, hears the sound of the buses and falls, smells the dust of the city and falls, looks at the bread already on the ground, he falls, in front of Alicia's door, closed, he falls, in front of his house he falls, he falls, he falls. The pedal scrapes the concrete. Fabio's elbows bleed. He has been able to shield himself by using his hands, his knees, his arms, trying to vary his fall in case the result will be different, that the concrete will magically return him to

his bike, which suddenly does not want to obey. The soil of Bogotá has scraped his skin until it bleeds. Bogotá of dust, Bogotá under construction, daughter of chaos, vision of no one.

How is it possible I can't ride? Fabio walks to the park holding his bike, still holding the bag of bread, now empty. He finds Alex and asks him to please ride his bike.

Alex accepts without hesitating, takes the handlebars and throws himself on the saddle with ease, he takes it for a spin to the park and back. Fabio snatches the bicycle from him, annoyed. Now he approaches a girl who is sitting on the swing. She is not a girl of the pack, she has most of her face covered by a huge piece of cloth, despite the sun.

"Hey, girl, can you ride my bike?"

She looks at him curiously. Under the cloth he is able to see skin so fair that it seems to emit its own light. Two big round caramel eyes quickly lose interest in him and are now fixed on the bicycle. The girl does not respond. Her eyes

begin to shine brighter than her skin and become two pools of sweet water. Fabio doesn't know if she can hear him— he's scratched and tired and his patience is wearing thin.

"I said, can you ride my bike?"

The girl looks at him again, the two wells at the point of overflowing, like caramel-colored dams held back only by air. Without thinking twice, she jumps on the seat and the bike begins to move by the single impulse of her weight. Fabio has never seen anyone ride his bike like this. Or yes, he has seen himself in the reflection of puddles. She supports all her weight on the handlebars and gets up from the seat, as if climbing the pedals. She makes such a steep curve when she turns that it seems his bicycle is, for a fraction of a second, lying on the ground; she leans on the handlebars and goes faster than cars. She takes one, two, three turns around the park before returning to Fabio, who is having the strangest day of his life.

"Where, where did you learn to ..." Fabio begins to say,

before the park rumbles with the sound of the fruit man's baritone.

"MARINAAAAAAAAAA."

"I liked the handlebar tassels," Marina says, before placing the piece of cloth back on her face and running toward the furious cry of her father. Her voice was a surprise, Fabio did not expect the girl to speak, hoped she would dissolve into the air maybe, but not to say anything.

Fabio takes the bike and for the first time in a long time, is immobile. Maybe the bike never was his. Maybe nothing is his after all. Pablo stands next to their leader and little by little, Carmen, Alex, Guadalupe, Fran, and the rest of the children of the pack roll in to see Fabio, like never before, clear in front of them, still, defeated. The pack does not give up and one by one, each boy and girl from the neighborhood offers Fabio their bicycles for him to try. Suspicious, forced, some wanting their bikes to return the

magic to their leader, others wanting to see him fall. Alex's is the last bike for Fabio to try and Fabio decides, covered by a scab each moment thicker with blood, sweat, and mud, that the next time he falls will be the last.

Like a pilgrimage of the faithful, they all climb to the steepest slope in the neighborhood and support Alex's green bike as Fabio sits on the seat.

"Ready, on the count of three, let me go," Fabio says to his friends.

One,

two,

three.

With still feet on the pedals, Fabio rolls; with hands steady on the wheel, Fabio moves. The wind against his face wipes away the dust, the tears, the mud.

"Pedal!" Alex yells at him.

"Pedal, Fabio!" the pack yells in amusement.

Fabio tries to pedal but the pedals are faster than he is, the bike is unaware of him and hits his calves with rejection. The neighbors come out from their houses wanting to see Fabio fall. Where is his father now that he needs to move? Fabio doesn't understand. The bike shakes, the front wheel jumps as if it wants to fly free of its metal ties. Fabio supports all his weight on the handlebars. It is an iron tube resting on another tube, chained, with two wheels. How is it possible to have done this for years and then forget?

Speedequalstimedividedbydistance, Fabio thinks, not knowing what it means. The front wheel gets stuck in a crevice just before the slope ends, in front of the old cemetery. Cobbled stone street in Bogotá, damaged street in Bogotá, no man's city, death trap. Fabio flies, floats in the air for ten seconds.

And there where the memory of the fish ends, the air also ends and the ground begins, ground on which Fabio now lies turned to dust, destroyed, defeated.

His friends pick him up by the shoulders, brush him off, wipe his face, and together they take him home. Be calm, Fabio, they say, it was nothing, brother. Better to not keep trying.

Maybe there are more important things than riding a bike, but Fabio can't think of what. What could be more important than moving?

From the door Fabio can hear his mother sing. *My grandfather saw the Titanic sink in the seeeaaa and Romeo is not made of iron, an immortal he cannot beee.* With his hands on the useless salmon-colored bicycle, Fabio walks into the kitchen.

"Fabio! What happened?" Ana says to him, seeing her son covered in blood and dust.

But Fabio can no longer move, and since he cannot

move, he cannot speak either; a cloud of dust settles down his throat and fossilizes the rest of his body.

"Fabio, talk to me, what happened to you?" Ana begins to clean, one by one, Fabio's wounds with the kitchen towel.

"I forgot how to ride a bike, Mom."

"Don't be silly, Fabio, you can't forget that."

NOW FABIO DOES NOT KNOW what to do with the time, and spends all day at home cleaning the bicycle that he no longer uses, looking at it, sitting on it without riding it. He is terrified of going out to distribute his mother's bread. The city is hostile and aggressive, very fast for him who goes so slow, very wide for him who goes without wheels.

There is no longer a fast Fabio, Fabio, are you leaving? Fabio, you have gone. In its place there is a child who spends the day contemplating his own legs, the femur, the tibia, the spot behind his knee that is called the popliteal

dip, looking for a mistake to correct. Fabio's sadness is very difficult to understand, few people in the world have forgotten how to ride a bicycle.

Fabio doesn't understand why his parents have lied to him. But when Roberto goes to work and sees Fabio sitting on the salmon bike (the magical place where he once felt all-powerful) as if it were a clumsy chair, his face becomes a mixture of confusion and pity, so Fabio decides not to demand anything of him. And he leaves, his father leaves as he always has, to move the people of Bogotá from one end of the capital to another, because someone has to do it.

Now the dust of the city has become a wall that keeps Fabio inside his house, it is the memory of what Fabio was and is no longer. The kids in the pack have come to look for him a couple of times, but Fabio refuses to let them see him walk. Bogotá is no longer his city and his bicycle is no longer his bicycle, or maybe it never was. Fabio wants to ask his mother about the girl in the park but every time he

gets close to doing it, his body doesn't let him. Maybe he doesn't want to know. Fabio is sad and Ana, not sure what to do with her son's sadness, decides to distribute the bread herself, while Fabio stays at Mamalicia's house.

"Ah, son!" Alicia says when she sees Fabio, "It's you."

"I'm not your son, Alicia," Fabio says, tired of correcting her.

"It's true, Fabio, you're right," she answers, as she opens the door for Fabio to enter her narrow house that, like Fabio's, smells of bread.

Alicia's house is so full of things that it looks like an antiques store. Fabio, who can count very well, manages to count ten electric fans from the door. There are endless straw hats all over the house, and on the wall, a collection of hand fans — there must be one for every color that exists, Fabio thinks, impressed. In the middle of the living room there is a table with a plastic figure on top, it looks like a toy, it is a man with a white beard, dressed in red, he

has a book with a cross in his left hand and his thumb touches the middle finger of the right hand. The plastic figure of the bearded man is surrounded by dust balls, Fabio would suspect that the specks of dust are pieces of his beard that fell off, were it not that his beard is as solid and shiny as the rest of his body. Over each piece of furniture hangs a very thin cloth made of small holes, Alicia's house looks like a circus divided into transparent tents.

"They're mosquito nets," she tells Fabio, "I have many."

"And what are they for?"

"So bugs don't bite you."

Fabio never thought before he might need a mosquito net, perhaps because in Fabio's Bogotá you don't see many bugs. A couple of small long-legged mosquitoes that have never done anything to anyone. But no bugs.

"And you didn't bring your bike?" Alicia asks Fabio,

while with her wrinkled hands she begins to detach, one by one, the specks from the nearest mosquito net.

"I forgot," Fabio answers with shame, as he looks at the old woman's feet. She is wearing a pair of flip-flops without socks, it must be very cold, he thinks.

"Why? Where did you leave it?"

"I forgot how to ride a bike."

"Words, Fabio, only words, that's something that is never forgotten," says Alicia, now joining together all the collected specks to make a large fluff of spores.

"What is a lie is that one does not forget, one does forget, I forgot."

Alicia stops and looks at Fabio in silence.

"One more," she says, placing the perfect fluff ball next to the figure of the bearded saint, along with all the other fluff balls of the same species. Alicia says this so softly that Fabio thinks maybe she said it only in his mind.

"Has anyone lied to you?"

"I have been lied to so much, Fabio, that I can count my truths with the fingers of my left hand."

"What are they?"

"I can't tell you, they're mine."

"Please."

"I'm going to tell you one because I think you already know it." Alicia walks over to Fabio, raises her thumb, and places it right between the boy's eyes.

"The world lies."

"Who lied to you?"

"Alberto, my husband, he lied to me all the time."

Fabio doesn't understand, it's hard to believe that Alicia had a husband. This happens with people who live alone, they seem to have always been alone.

"And where is your husband?"

"He's not here, he died. But he left me that truth, the one

of the big thumb, as fat as he was. Look, if you stare at the truth of the thumb, you can see the profile of that foolish man."

Fabio doesn't ask any more questions. His mother picks him up two hours later, which he passes sitting under the mosquito net on the sofa watching the trips the little bits of dust make from one piece of furniture to another, future fluff that will surround the plastic figure of Saint Atanasio, the only toy the old woman has in her house. If he can't get around town, he can at least see how things move. Alicia moves a lot, albeit slowly, shivers all the time and shifts things about as if she were redecorating.

That night Fabio asks his mother about Alicia's husband.

"She's been alone for a long time, Fabio, they say her husband left her."

"He left her?"

"Yes, he went to live on the coast, near the sea."

"She told me something else," Fabio shouts, and runs to hide under the bed, fearing his mother's confused responses. Since he forgot how to ride a bike, Fabio's best hideaway is under his bed. Because Fabio cannot run away from things by pedaling, he has decided to hide from them. Under his bed, Fabio hides from the lies of the world, under his bed the world is so, so small that no one can lie.

"Get out of there, Fabio! Don't you see there are monsters?" his dad says, when he gets home from work.

Fabio is scared, he doesn't see any monsters in there, but it's very dark and he can't be sure. Who was the first person to say that everything that lives under beds is monstrous? It was probably the same phony who invented the memory of the body, the one who told everyone that you can't forget how to ride a bike. After thinking about it for a while, Fabio decides that there are monsters under his bed.

There is one, his name is Fabio, and he hides from the world.

ANA HAS TWO SISTERS who work outside of Bogotá. They live in Fusagasugá, a town that Fabio finds very difficult to pronounce, and they work cooking in a very large house that is close to town. Near Fusagasugá there are very large houses with people who eat a lot. Fabio thinks that those who live in these houses have the souls of giants trapped in very small bodies, their ceilings are very high, their beds are huge, their gates look like garage doors, they admire themselves in mirrors that occupy entire walls, and they bathe in pools instead of tubs or showers. That is precisely why they need two women to cook huge amounts of food for them, food for giants. This weekend the giants have decided to have a great party for their other giant friends, for which Ana's two sisters, with their two hands each, are not enough. That is why Ana decides to go help her sisters all weekend, and since she is afraid that Fabio will spend

the whole weekend under the bed while Roberto looks at him with confusion and pity, she decides to take him too.

Ana makes bread enough for an army and leaves food and notes for Fabio's father all over the house. They are only going away for two nights, but Roberto eats a lot more when he is lonely. He is a very smart, big, and strong man, with a very important job, but without Ana, Fabio's father doesn't function. Fabio believes his mother is what makes Roberto not forget anything, neither driving nor moving.

Fabio and Ana join a float, which is like the bus that Fabio's father drives, but travels longer distances and goes around the mountains. They are called floats because when they speed along the narrow roads that surround the mountains, they float to avoid falling. Fabio and Ana cross, circle, travel, and float on more than five mountains to reach the house of the giants. On the way, Fabio sees huge hills that look like cemeteries of giants and wonders if when

the bodies of the giants, those his mother is about to feed, die, do they expand to their real size, forming mountains. When he arrives, Fabio feels a little better, the air is lighter and does not remind him of the dirty wind that chilled his cheeks in Bogotá, when he could ride his bicycle.

In front of the huge house where his aunts work, there is a pool, it seems to be very deep and the dark tiles make it look like a lagoon. Fabio has already swum in other pools before, he likes to play by holding his breath and looking out from inside the water, like a fish. Fabio is a good swimmer, almost as good a swimmer as he is a cyclist. No, Fabio is no longer a cyclist, he forgot. What if he also forgot how to swim?

"No, Fabio, you can't forget that," his mother tells him.

"Words, just words," Fabio whispers, thinking of Alicia.

So, for fear of forgetting how to swim, Fabio does not go into the pool. Swimming is not like riding a bike, you cannot try it endlessly. If you try to hold your breath, you might

drown and stay at the bottom of the pool forever. It's a dark pool and no one would see him down there, eventually everyone would forget about him. So Fabio doesn't swim, he sits on the edge of the pool with his feet in the water and thinks about his bike.

The owner of the house of the giants is a man named Darío, although Fabio doesn't know if he exists or not because he has never seen him. They say he lives in the giant room on the top floor of the giant house. If Darío exists, he must be turning into a real giant, thinks Fabio, that's why he hides, because inside his small body a huge man is growing. Fabio, who no longer believes in almost anything, decides to go see it to believe it.

Fabio plods up the stairs one by one, like someone who has lost his to-do list and now he only has to climb stairs. First one, then the other. Before him is the giant's door, made of thick wood, which at first was tree color but lost its bark and is now only a door. It is ajar so he decides to enter.

Bookcases line the walls from floor to ceiling, which is much taller than any ceiling Fabio has ever seen. Darío must be growing very tall to reach the books on the top shelves. The books, for their part, rest with their spines against the wall and only show the naked guts of the pages, the walls are like frames of piles of papers stacked vertically.

"And who are you?" Behind a mountain of papers, the small head of a man emerges. Nothing like what Fabio expected of a giant.

"I'm Fabio."

"Hi, Fabio, come, come, I don't know who Fabio is, but come. Look at this."

Fabio goes around the table, behind the lair of papers, where Darío, skinny and small, draws lines on a very large paper, a giant map. On the desk, hidden among papers, a television shows a bunch of men in colorful suits glued to their skin, riding bicycles. Fabio feels a ball of fire in his

chest, he runs his fingertips over the nape of his neck, he feels a hole.

"Stage eight, Fabio, July sixth of eighty five, from Sarrebourg to Strasbourg, there was much fog, too much fog."

Darío marks a point on the giant map, where there are already irregular figures, green and blue, a red line that seems to move between the green and many small names, too small for a giant.

"Watch closely, watch closely, Fabio, there goes Bernard, in yellow." Darío stops the TV picture with the remote control. The bicycles stop in the fog while he marks a point on the map. "This is exactly where Bernard is. Now look."

The image on the television moves again, Darío looks at Fabio, waiting for him to come to the same conclusion that Darío already has in his head. Fabio does not speak, the hot air burns his lungs and his mind is far from there.

"So? Do you see it?"

"No ... what do I have to see?"

"Nobody, Fabio, nobody, because he's now gone. He's gone! Bernard disappears! HE IS SWALLOWED BY THE FOG! Now look." Darío presses another button and the TV images speed up.

The person in the yellow jersey reappears and the cyclists regain their normal speed. Bernard Hinault wins the eighth stage.

"He won, Fabio, he won! He appeared from the mist! Of course, because there is fog, no one doubts, no one realizes he is leaving, they think he must be there, he must be there, we don't see him but he must be there. IT'S NOT POSSIBLE, FABIO, IT IS PHYSICALLY IMPOSSIBLE."

Darío takes out another map from his mountain of papers, this time one that is completely marked in green with the exception of the red line marking the route of the eighth stage of the Tour de France. Then Darío marks another point on the same map, the point of arrival.

"Now come closer, Fabio, here Bernard disappears, you see?" Darío caresses the map with his fingers. If he didn't say his name in each sentence, Fabio would swear he no longer is speaking to him, "and here he reappears, just before the arrival. Come closer, Fabio, look at the two points, do you see? Among the green, can you see?"

A shadow, Fabio sees a shadow among the green, a darker green that might as well be nothing if it did not perfectly join the two points Darío marked. One route. Fabio walks his fingers over the greenish shadow with the same care with which he tries to find the pebble that has been lost on the back of his neck, as if he is searching.

"It's shorter, Fabio, it's a shortcut. Bernard cheated. The thug knew cartography! BERNARD WAS CHEATING, FABIO!"

Darío opens a drawer, crammed with papers like the rest

of his desk, and takes out a green notebook, turns a couple of pages and notes: July 6, 1985, stage eight, Bernard the Caiman, detoured.

"Another one. And who are you, Fabio?"

"Ana's son."

"Ah, Ana, the bread lady. I confused you with the gardener. Very good, very good. You can go, Fabio, thanks for your help, wait, wait, take the map ... so you can remember that any thug is a better thug, if he knows cartography. Close the door. Thank you."

Fabio is outside the giant's door. In his hand, a huge paper, the first map with Bernard's trick exposed in red pen. He opens the map and looks at the irregular figures in green and blue: the earth and the sea. He brushes his fingertips over the original path of the Tour de France, he lifts his fingers to the back of his neck, he feels a hole.

ON THE WAY BACK TO BOGOTÁ, Ana is very serious. The trip did not serve to cheer up Fabio, who now seems more confused than ever. They barely cross the door of Ana's house before she goes to make bread, because it is what she does best and it always makes her happy. Fabio imagines for a moment what would happen if Ana forgot how the oven works.

His mother goes out later to distribute the bread she has made and Fabio, once again, must stay at Alicia's house. This time Fabio feels it is important to go to Alicia's house, because he wants to show her the map that Darío gave him and tell her about the cyclist's tricks, tell her that Darío writes down all the tricks in a little black notebook, tell her giants exist and are tiny.

"Ah, son!" Alicia says when she sees Fabio, "It's you."

"I'm not your son, Alicia," Fabio replies, annoyed as always.

"It's true, Fabio, you're right."

Fabio leaves Alicia's bread in the kitchen cupboard and he goes to sit between one of the mosquito nets in the living room.

"How was your trip, Fabio?" asks the old woman, moving an armchair from one side of the room to the other.

"Normal."

"You're going to have to explain that to me because I don't know what that means."

"What?"

"Normal."

"Alicia, how long has it been since you've been out?" Fabio interrupts, trying to take control of the conversation.

"Why should I go out if everything is the same outside?"

"How do you know?"

"Because of the noise, it doesn't matter where in Bogotá you are, if you close your eyes and stand still, you can hear it. It is always the same, the breath of the monster."

They both fall silent, trying to find the noise in their ears.

"Son."

"I am not your—"

"Fabio," Alicia corrects patiently. "Can I ask a question?" Fabio looks at her curiously, it is very rare that such an old person would want to ask him a real question. He straightens his back and nods, taking himself seriously.

"How does it feel to forget?"

A current runs through Fabio's body from head to toe.

"It's"—Fabio hesitates, "it's like parts of my body have lost their way. Like my feet don't want to work."

It is as if I have to learn to live without me, he thinks.

"Shall we do an experiment? Bring your bike."

Is it possible? Could Alicia make him remember?

Fabio runs next door for his bike, brings it into Alicia's narrow house with difficulty. Alicia has moved all the power fans in her house, ten, like Fabio's age, and has arranged them as a battalion of wind in front of two stacks of books.

"Leave it between the books so it doesn't fall."

"What?" Fabio doubts.

"Go ahead and get on."

"But aren't you going to make me remember?"

"To ride? No, that cannot be done. We'll try to make you feel that you have not forgotten."

"What is the difference?"

"You will not remember, but you will stop feeling that you have forgotten. You will forget that you forgot."

Fabio gets on the seat of his salmon bike, bright, clean, and sad from the lack of use. Closes his eyes and puts his

feet on the pedals. The air coming from the fans hits him violently in the face, the noise is unbearable.

"Now imagine the street. You go through the city with the bag of bread in hand. I am seeing you, do you see it, Fabio? You go with your bike around the neighborhood, you go around the park."

Fabio imagines it, imagines his bike, dirty again and full of dust, imagines the park, a small figure rides the bike masterfully, stands on the pedals without leaning on the seat, raises their arms. But it's not him, it is not Fabio who is riding. It's the girl in the park, Marina, the daughter of the fruit man, she is the one who does not fall.

"It doesn't work," Fabio says, getting off the bicycle.

"Well, the breeze doesn't take away the cold for me either, but it was worth trying."

"Why don't you bundle up?"

"What?"

"If you're cold, why don't you bundle up?"

"Because he promised they would take me to live in a hot land."

"But we are in Bogotá."

"I know, Fabio, call it pride, resentment, naïveté, custom, but Alberto told me he was going to take me to live by the sea, where it is never cold. I believed him so much that now even my body finds it hard to stop waiting for him to make it true. Every time we were cold, Alberto bought an electric fan. Because when we left, we were going to be so hot, Fabio, that it wasn't worth thinking about how cold it was, but about how hot it was going to be."

"And why didn't you leave?"

"Because it was all a lie, son, the sea doesn't exist. Every day Alberto brought me a new fan, a wide-brimmed hat, some sunglasses. He traced possible routes on maps, he told me about the sea he had seen when he was a child. They are words, Fabio, only words, the sea never existed."

"Did he leave without you?"

"He had nowhere to go, Fabio. Do you remember how your parents lied to you when they said nobody can forget the thing you forgot? They lied to me the same, Alberto, he deceived me. The sea does not exist."

Fabio takes out of his pocket the huge paper Darío gave him, folded into eight equal parts, still with the drawn lines of the Tour de France, the cheating of Bernard.

"But look, here, there is more blue than green, there is more water than land. How can it not be true if it is bigger than we are?"

"When the navy blue color of a map gets the finger with which I point to it wet, that's the day I will believe you, son, not before."

Fabio does not know the sea, he has only seen it in photos and on television, he sees it now on Darío's map and realizes that this is not the sea, he can see it, but it is not the sea. Maybe Alicia is right and the world is full of silly lies

that make old women live with cold; full of people who believe that giants are menacing and not small and weak men who are dedicated to discovering the cheats of the world; full of false words such as

speedequalsdistancedividedbytime,

morewaslostinthedelugeandnothingwasmine,

itslikeridingabikeitsneverforgotten.

ROBERTO DOESN'T LIKE that Fabio spends so much time with Alicia. He's glad Fabio spends less time hiding under his bed, but now he spends all his time with her, talking about the possible deceptions of the world: about electricity, dinosaurs, tomatoes, wireless telephones, the sea. So that they don't spend every moment together, Roberto decides to take Fabio to work, on the bus. The days have not been easy for drivers in Bogotá, Fabio knows this, it's not the first

time Fabio accompanies his father, but it's been a long time since he did it. The city is changing, or at least the way in which people move through it.

For many years, possibly Fabio's father's entire life, Bogotá had the calm and distressing appearance of controlled chaos. The buses, these metal structures supported by four wheels, moved freely like wild beings. The bus stopped where it wanted, carried whoever it wanted, at the speed and with the music the driver wanted. The only order came from a wooden board that indicated to the citizens where the bus passed. If someone wanted to get to Roma neighborhood, they would get on the bus that said:

193
CASABLANCA
ROMA * LEY *
K7ª BOYACÁ
AV. AMÉRICAS
KENNEDY

And it arrived in Roma, nobody knows very well how, but it arrived. The buses knew how to order the dust monster, they moved under the rules of chaos, but the important thing was that they moved, nothing more. This was the Bogotá of always, that of a lifetime, in which the end justified any means. But someone came up with the idea of giving total order to the chaos, or perhaps another chaos to the order that already existed: plotting new routes, painting the buses in different colors, making the drivers wear uniforms, stomping all the machines just to build them again, making stops so drivers would know where to stop and the citizens would know where they were going to be picked up, banning the music, and worst of all, banning Fabio.

In this new transport system Roberto could not carry Fabio in the copilot's seat. And although he did not need the help of Fabio, who used to help him receive the money from the passengers and calculate the trips, for Roberto taking his son to work was more than that. So, until the last

moment, Roberto will fight not to put on his uniform, not to paint his bus blue, not to put a robotic machine that receives payment by card and exclaims Thank You in a strange accent. The real buses, the old ones, are on the way to extinction, and on Roberto's white bus, which perhaps at one time was also salmon, you can read a sad blue sign that indicates its destination: Provisional.

This is how Roberto lives, provisionally, and Fabio knows, also provisionally, that for his father to talk to him while driving, Fabio must take care of the money that passengers give him provisionally, before the world changes completely. That's why Fabio is so good at counting, because he is preparing for the day his father will take him back to work. The night before the big day, Fabio writes down all the mathematical operations he will have to do and the price of the bus ticket, which is one thousand eight hundred pesos. First, he repeats several times in his head, *one thousand eight hundred, one thousand eight hundred, one*

thousand eight hundred. Then he makes calculations. If they give him a bill worth five thousand pesos (which is the one with the face of a poet and a poem written in very small handwriting), he knows that he should look at his knee, on which is written: *five thousand minus eighteen hundred equals three thousand two hundred.* If they hand him a bill of ten thousand pesos, which is the one that has the face of a lady, he knows that he should look at the other knee, on which he has written: *ten thousand minus one thousand eight hundred equals eight thousand two hundred.*

If they give him a bill worth fifty thousand pesos (in which there is always someone with a mustache): *fifty thousand minus one thousand eight hundred is forty-eight thousand two hundred.* But also, Fabio has to concentrate on the faces that often change, because in Bogotá besides provisional buses there are also provisional bills. The ones from before, the ones that are going to end.

Fabio tries to calculate all the possible calculations and

identify all the many faces of the millionaire writers on the bills, to be able to receive and return money quickly, so that his dad doesn't worry and so he can tell him about the places where they travel, about the people who get on the bus, about Bogotá.

The bus starts in the old cemetery, before dawn. It's an old, rectangular bus, like a metal shoe box. It moves with difficulty, shakes like it is armed with folds, as if it were an origami bus made of aluminum. Fabio sits next to his father and opens the window so that cool, clean morning air chills his cheeks and wakes him up.

People start to get on and the bus starts to move. Sometimes it moves slowly, very slowly, because Bogotá is a city full of people who want to move and is filled with devices to do it. Among them are Roberto's bus and Fabio's bicycle.

The bus is loud, the windows rattle, and the chairs vibrate. Every time Roberto stops (and the bus stops with

him) the whole metal machine sounds like it's an extension of his body. Roberto says that driving a bus is like making music, or so he says since they stole the radio and he can't play the bachata that Ana likes. People also complain sometimes, some do and others don't. They're all different, each rarer than the previous one, and Fabio loves to see people like that. Bogotá is eighteen hundred times bigger than he thought, eighteen hundred times weirder.

They get on through the front door or the back door, they have headphones, sacks, bags, chickens. They go to or they return from their jobs; they are tired, happy, they cry, they sing, they try not to touch, they lean on one another. Fabio looks at them excitedly, Bogotá has very different people, they come from neighborhoods different than Fabio's, with streets wider and less steep than his father travels with the huge bus that surely makes him feel huge too.

A woman tries to get out through the back door, making her way between the bodies as she carries, above her head,

a plastic basket filled with yellow fruits. It is a fruit that Fabio has never seen, aggressive and prehistoric, like the eggs of dinosaurs, which perhaps did exist after all. Alicia would say prehistory does not exist because what came before the story cannot be told.

"Stooooop truuuck driveeeeeeeeeer!" yells the woman to his father, having reached the rear of the bus and ringing the bell insistently because her real stop was exactly five blocks behind. Fabio remembers his uncle Aurelio, who is a truck driver, who Ana says looks like his dad.

"My mom is right, you look like Aurelio, Dad. See? Even that lady confused you," says Fabio, trying to start a conversation.

His father laughs and after shifting gears, puts one of his huge hands on Fabio's chest to hold him, pushes the clutch and then the brake, the bus stops before the passengers do and they all rush forward. All the boxes, suitcases, bags,

headphones, and even the pitaya, prehistoric fruit, are thrown towards the front, propelled by the speed with which they were moving, stopped by the force with which the bus refuses to continue. The bodies of Bogotá's citizens try to settle back into their seats.

"They confuse me all the time, you can't imagine."

"Dad, why don't you want me to spend time with Alicia?" His father is uncomfortable; Fabio knows it because when his dad gets uncomfortable, he runs his hand over his neck, combing his beard against the grain.

"I don't want you to get attached to her, Fabio, it's better to have friends your age."

"All my friends ride bicycles, I can't be with them anymore. It's easier to be with Alicia."

"It can't be you're the only kid in the neighborhood that doesn't ride a bike. Get out there and make new friends. Alicia is old and tired and can't keep up with your trotting.

One of these days she might go away and then what."

Roberto puts his hand on Fabio's chest again and brakes hard, the passengers snort unhappily, concerned for their safety. Fabio also worries.

"Where is she going to go?"

Fabio's father stops responding, also stops picking up people, he drops those that remain on the bus until one by one (except for the 10 prehistoric fruits that roll on the ground like soft wheels) the bus is empty. Roberto and his son go back home.

"Dad, where is Alicia going?"

"WHERE WOULD I GO?" Alicia answers with a smile, when Fabio confronts her.

"I don't know, my dad says that you are leaving and that I trot too fast, which is false, and that I need friends of my own age."

"Words, Fabio, words."

"No, Alicia, tell me where you are going. Don't go away."

"Do you remember Alberto's story, Fabio? Of course you remember it, he gave me the big thumb truth. Do you want to hear the end of the story?"

"Only if it means you're not leaving."

"In my house, no one lies, Fabio ... I'll tell it to you just the same." Alicia raises her left thumb and looks at it carefully. "Alberto was big, he had a beautiful and robust belly that one day began to hurt. I imagine the pain must have been proportional to his size because Alberto wouldn't stop screaming, he went to the hospital and they gave him some pills, but they were very little and the pain did not go away. So he went back to the hospital and they gave him more pills, different ones, big ones, those didn't do much either. Soon he stopped bringing me things for our trip to the sea, the pain would not let him move."

"Weren't the doctors helping him?"

"They didn't know how, Fabio." Alicia sits on the sofa in front of Fabio. There are few times that he has seen her sitting, Alicia is always moving things around the house.

"Soon Alberto stopped lying, or stopped deceiving me, or stopped deceiving himself, I no longer know the difference. He stopped telling me that we were going to go live near the sea, then he stopped talking, and finally he stopped eating. He was very sick, the doctors said that he was only going to last two more months, he died in two weeks. He died awake and without wanting to call anyone, he was so ashamed of dying. That's why everyone thinks he left me and went to the sea, because he didn't want to tell anyone anything."

Fabio's hands hurt from anguish; Alicia trembles, perhaps from cold.

"Now, son, what is certain is that you need to see your friends again, your other friends. It's enough for me to hear

the noise of the city to know that it's outside, but that does not mean there is nothing there. Go, later you can tell me about the atrocities people say on the street. Goodbye."

While speaking, Alicia has been guiding Fabio towards the exit, and now Fabio is in front of his neighbor's door, motionless, not understanding anything. At this point the only thing he can think to do to keep her from leaving is to please her, so Fabio decides to go out hunting for lies to tell Alicia. It's easy to make people lie, you just have to get them talking, and there is a person Fabio has wanted to talk to since the day he forgot.

The fruit stand is on the other side of the park, it is one of the few houses that get all the sunlight. Fabio crosses the block of grass fast, scared that one of the children of the pack might see him and ask where he has been. It's been a long time since he's seen his friends, they have come to look for him at his house but Ana has told them he does not want to go out. Fabio still doesn't want to be seen walking, he

doesn't want them to remember him fallen, full of blood and mud. Sometimes he even prefers to be completely forgotten.

The fruit stand looks like a dark forest the fruit man built in the garage of his house. He has put black plastic bags on the roof so the darkness does not allow the fruits to feel the passage of time and get damaged. Fabio understands what they must feel, the fruits, it's the same feeling he gets when he hides under the bed, and nothing happens.

It is very sunny and Fabio's eyes strive to get used to the changing light of the store. It is similar to the sun the day Fabio forgot.

"Heeeello?" Fabio yells, looking for Marina. She's in the back of the room, she no longer has on the scarf but Fabio recognizes her. He doesn't remember what he would like to remember, but remembers the reflection of the pools, Marina's bright eyes, her voice that came out like a surprise, *I liked the handlebar tassels*, on his bike. Marina's bike, not

Fabio's, it was always Marina's. Maybe that's why Fabio forgot and could no longer use it. His mom traded the salmon bike for eight bags of sweet bread rolls and Marina no longer rode it, not until the day Fabio forgot.

"What do you want?" Marina answers, again with that voice that nobody expects.

Fabio doesn't know what to say to her, he feels that he wants to tell her all the things that have happened in his life but does not remember anything. He looks at her silently.

"You are the boy who took my bike from me," she says, impatiently.

"I didn't take anything from you, my mom gave me that bicycle, I didn't know," responds Fabio quickly, not taking a single breath.

"It doesn't matter, I couldn't anymore."

"Did you forget too?"

"No, I can't go out anymore. It's bad for me."

"Of course you can, I saw you, I saw you ride my

bicycle ... the bicycle," Fabio corrects himself, seeing this truth was not his either. Fabio has ten fingers and very few, very few truths.

Marina walks to the edge of the store, where one thin line separates the sunlight that falls on the concrete and the shadow created by the garbage bags awkwardly glued to the roof of the fruit stand. Like a prisoner about to jump off the plank of a ship, Marina takes a step, and lets the merciless sun of Bogotá touch her face, arms, hands. Soon a red stain begins to sprout on her skin, from the edge of her hair making curves to the left corner of her lips; another dark rash begins to sprout from her neck; a couple of small spots sprout under her ears; the parts that resist the red, glow like islands of ivory on the crimson sea. Marina scratches her arms, which also have rashes.

"A map," Fabio whispers.

"What?" says Marina, returning to the darkness of the store. "It's not a map, it's an allergy."

"It's a map, look." Fabio takes Darío's map out of his pocket, folded eight times. "This is the land, see?" Fabio points to France. "And this is the sea," Fabio points to the Atlantic.

Now he takes a finger to Marina's face, she widens her eyes and becomes tense.

"This is the land," he says, pointing to one of the red spots, already starting to fade, "and this is the sea."

Fabio rests his index finger on Marina's nose that is moistened with a drop of sweat. The sea does exist, it is true, he feels it in the tip of his index finger.

Marina runs to the back of the store a bit scared, then regains her composure and asks, "What do you want?"

"What do you do all day if you're allergic to being outside?" Fabio replies, ignoring the prompt from Marina to continue their client-to-shopkeeper relationship. Marina smiles, takes three yellow pitayas with her two hands. Fabio can smell the fragrance of prehistoric fruit. Alicia

would say that prehistory does not exist because what came before history cannot be counted, but today Fabio is not up for those games. The pitaya is yellow and smells sweet, it exists, be it prehistoric or not. With her two hands, Marina throws the pitayas in the air, catches one and throws another, there are three prehistoric fruits and she has only two hands, and yet she makes them fly with skill. Fabio laughs. He has never seen anyone move like this.

WHEN HE GETS HOME, Fabio slides under the bed, he needs to think. Fabio has gotten used to thinking under the bed, he thinks better like that, like fruits, no longer feeling the passage of time. Roberto cares a lot every time he sees his child under the bed, it always fills his face with confusion and pity, Fabio does not know why.

That night when he gets home from work Roberto comes to bed on the floor next to Fabio, not under the bed (because Roberto does not fit in such a small place) but yes, next to him, next to Fabio, next to the bed.

"Fabio ... what's wrong, are you afraid?"

Fabio is ashamed, he doesn't want his dad, the biggest and bravest man he knows, to feel that his only son hides from the world.

"It'll go away," Fabio replies, still looking up at the bed boards that hold the mattress he sleeps on.

"I don't believe so, Fabio, that doesn't go away." Fabio doesn't understand. What would his father know about fear if he has never stood still? Fabio turns and watches, from under the bed, as Roberto looks up, his father looking at something that he cannot see.

"Those things don't go away, you have to confront them and go on, or one does not move anymore ... When I was

your age, Fabio," Roberto begins to recount, "I lived very far away from this city, and I spent all day jumping on stones. Huge stones, the size of guard booths. I leapt from stone to stone on a river that was near my house. The stones were very far from each other, so far away, Fabio, and yet I jumped them without falling. Today there's no chance in hell I'd jump well, Fabio, I don't even want to try ... because I know I can fall. It's something that I'm not going to do anymore, I don't remember how it is done or why I did it. I'm just sure that I can't anymore, it scares me. But it is not worth hiding, the stones don't care that I can no longer jump."

Fabio hides from the world because the world lies, he is afraid of the city and he prefers to stay still, under his bed. He doesn't want to move around the world clumsily. Fabio does not understand his father, he is anxiously short of breath as he contemplates the boards that support his bed mattress while Roberto contemplates something outside.

There is something outside that, being under his bed, Fabio is not able to see.

But why go out. Fabio already knows how the world is outside. Outside is full of people who give fans to their wives when they are cold, of people who spend their entire lives drawing lines on maps, of people who can no longer go out to play for fear of the sun, people who years ago stopped jumping from stone to stone like they were invincible. Outside is not always better.

But maybe there *is* more air.

FABIO dreams.

He dreams of clinging to the bark of a soaring, infinite tree. It has no root or crown, just a huge trunk that is as wide as everything. A row of ten men climb the tree in front of him, they cling to the branches of the tree moving

rapidly, as if the sticks were stairs. Fabio dreams of them, tries to climb after them, but only hugs his body against the bark. They are soldiers, they advance fast like long-legged mosquitoes, they are dressed in the colors of the bark. When Fabio tries to climb the branches, the wood breaks, it does not support his weight. It's a dream and we already know how it will end, Fabio is going to fall.

you say you're going down

Soon the wood of the tree becomes a boat that navigates on a river, a vast, infinite canoe. It does not have a bow or stern, just a long, long surface that moves through the water. The houses of his neighbors rest on the coast, Fabio recognizes his corner of the city but instead of streets, water runs. Fabio dreams that he can fall and clings to the wood of the raft as if his life hangs on it.

but everyone sees you climb

you say you're going down

The river is wide and raging, the soldiers in front of him now sail as if the ship had never been a tree. With their eyes on a horizon that Fabio does not see, that he cannot dream. For the raft to move the ten soldiers blow, with all their might, into the opposite direction of the river's current. They are the battalion of the wind, by order of Emperor Julian they seek an old man named Atanasio, they have an order to kill him.

I'll go down the river, I'll get there faster

but everyone sees you climb

you say you're going down

Upstream, a raft comes with two men, Fabio recognizes

one of them, he's bald and paunchy, very much resembling a thumb, it's Alberto, Alicia's husband. Fabio has never seen him but he is part of his dream and he knows who he is. On Alberto's head, a round fishbowl rests and is open at the top. Alberto is a fish that dies of thirst, does not breathe. The other man is older, has a red cape and a dirty beard that reaches the floor of the raft, his skin shines like plastic.

some hear you say

I'll go down the river, I'll get there faster

but everyone sees you climb

you say you're going down

The ten soldiers stop blowing, raise their right hands in synchronicity to ask the other raft driver to stop. They speak in unison, as if they have the same mind. *Have you seen a man named Atanasio, sailing down this river?* Alberto

doesn't answer, he does not breathe, he is a fish without water, he dies of thirst. The old man gazes at the river, his skin gleaming with the reflection of the water, and answers: *yes, I have seen him in the water.*

> *my tired body goes to the sea*
> *some hear you say*
> *I'll go down the river, I'll get there faster*
> *but everyone sees you climb*
> *you say you're going down*

The men mutter to each other excitedly and in chorus they exclaim. *Is he near?* The old man thinks and then answers: *if you continue to navigate upstream, you will cross him.* The soldiers continue to row in coordination, Fabio still clings to the canoe as if it were a tree from which you could fall, but when he crosses Alberto's raft, he recognizes the beard of the old man who accompanies him, it's made

of fluff, a million specks that Alicia has woven with the mosquito nets of her house, it's Saint Atanasio, it's the man they are looking for.

> *no one thinks you can make it*
>
> *my tired body goes to the sea*
>
> *some hear you say*
>
> *I'll go down the river, I'll get there faster*
>
> *but everyone sees you climb*
>
> *you say you're going down*

Fabio dreams that he warns the soldiers, *that man is Atanasio, the man from the raft we just crossed is the man you seek.* The ten men turn to see him as if only then did they realize he is there. *Did the old man lie?* they ask in chorus. Fabio thinks, no, he dreams, no, he has not lied, not completely, not with his words. The soldiers keep on rowing

against the current through the emerald river. Alberto and Saint Atanasio escape downstream, they will soon reach the old cemetery.

you say you're going down

no one thinks you can make it

my tired body goes to the sea

some hear you say

I'll go down the river, I'll get there faster

but everyone sees you climb

you say you're going down

Fabio insists. *That man is Atanasio, you are losing him, you are losing Atanasio.* The soldiers look at Fabio again, and with their eyes they take away his voice, in his throat a ball grows that does not let him speak, it is a fuzzy speck from the saint's beard. *Do not forget,* the battalion of the wind

exclaims in unison, *don't forget what's important.* Fabio drops the wooden raft that was once a tree and falls.

Fabio wakes up.

"ALICIA, OPEN UP, I AM NOT YOUR SON," shouts Fabio in front of his neighbor's door.

"It's you, Fabio." Alicia opens the door very slowly, smiling.

"You won't believe what I found."

"What lie did you bring me? What did they tell you now?" Alicia asks, her fingers starting to form a new fluff with the flecks of the mosquito net that covers the library.

"The sea, Alicia, but it's real. I found a map that wet my fingers, now are you going to believe me that the sea exists?"

Alicia steps away from the mosquito net and looks at

Fabio; like this, without moving, they seem almost the same height. The old woman's mouth continues to smile, today she has the saddest look in all of Bogotá.

"Words, Fabio."

"They're not words," Fabio interrupts her. "I also found a yellow fruit that looks like a dinosaur egg. If there are such things as dinosaur eggs, then perhaps, dinosaurs did exist. Marina says inside it there are some acidic seeds that ... "

"Marina?"

"The daughter of the fruit man, yes, she used to own my bicycle, but she cannot ride it because the sun turns her into a map and that hurts her and makes her scratch. I already asked her to do it again for you to see. Come on, Alicia, let's go and I'll introduce you to her."

"I can't, son, I'm very tired." Alicia sits on the couch.

"Don't be lazy, Alicia, walk, it might even do you good, it's only two blocks."

Fabio looks at Alicia, diminished and diminutive, who now gazes, almost wistfully, at the table on which rests the plastic figure of Saint Atanasio.

"I thought you were going to bring me some lie, Fabio."

"To give the saint a fluff?"

Alicia looks at Fabio and smiles, almost without the energy to answer. Fabio approaches Alicia and with his right hand, takes the figure of Saint Atanasio from the table, slides it down from the top of the mosquito net, remembering his dream.

"Alicia, there is something you are not telling me." The old woman opens her marble eyes, stays in silence. "If the sea doesn't exist ... where will the rivers end?"

Alicia looks at him quietly.

"Why not, rather, bring me one of those yellow fruits, to see if I believe the story of the dinosaurs? Then we can discuss the rivers."

With the sea filling his mind, Fabio runs home, then he

will go to Marina's house and then together they will go to show Alicia the prehistoric pitayas, to show her the sun that creates Marina's skin allergy maps, which seem so much like Fabio's idea of a sea that he's never really seen. Alicia, alone in her house, closes her eyes and listens to the noise of the city. It is always the same monster's breath.

IN THE GARAGE DOOR where the grocer lives, Marina waits for Fabio while juggling three medium lemons. Fabio has brought, rolling at his side, the salmon bicycle, which he no longer knows if it is his or hers, but in any case he has forgotten how to ride. The dams of Marina's eyes shine again to see the bicycle, with the lemons still in her hands she comes close. He, who does not know whether to move or not, decides to speak.

"I've come to buy a pitaya."

"Ah," Marina says, "stay here, I'll go ask."

Fabio observes the fruits, one by one, searching in them for the proof of prehistory. Oranges, apples, passion fruit, tomatoes. The usual ones—bananas, mandarins, mangoes too. Neither aggressive nor legendary, from none of them would a dinosaur ever be born. Where were the pitayas?

"They'll arrive tomorrow," says Marina, returning from the back of the store, where Fabio thinks she lives.

"But I need to show Alicia that there are dinosaurs, I need to show her today." Fabio can't wait, he feels that Alicia has long believed the sea does not exist, that Alberto deceived her. Alicia can't wait.

Marina shrugs her shoulders, she is motionless, she still holds the three lemons in her two hands, now her dam-like eyes stare at her former bicycle. One of the lemons falls, comes slowly to Fabio's feet, it spins on the ground like a soft wheel.

"I know where there are pitayas," he says. "But we will need help from the pack."

MARINA HAS BROUGHT FROM HER HOME eight purple ribbons and two round tubes. She carefully ties the ribbons to the handlebars and smiles, pleased. She has fitted the tubes on the two bolts coming out of the rear wheel of the bicycle, those that Fabio always thought so useless. Marina has put up the hood of her jacket and has covered her face with a huge piece of cloth. She has settled into the seat and has told Fabio to stand on the two tubes that now come out of the rear wheel.

"Hold on and don't let go of me."

"Even if I let you go, I won't let go," Fabio says, smiling, without knowing why.

Marina kicks the concrete with her right foot and starts to pedal. The handlebar ribbons dance with frenzy, the pavement goes fast under the bike. Fabio feels the Bogotá air scraping his cheeks. He lets go of Marina's shoulders,

raises his arms, feels the wind, closes his eyes. He no longer has to know where he is going. Fabio closes his eyes, the dust no longer blinds him. He closes his eyes, feels the cold on his hands, on his lips, on the eyelids. Closes his eyes and feels the sky, the sun, the soot. Fabio closes his eyes and looks inside.

On the dusty soil of Bogotá, the tires of the pack begin to roll, they have come back to chase after the salmon bike like they never stopped doing so. Pablo, Carmen, Alex, Guadalupe, and Fran pedal in a herd celebrating the return of their leader. Fabio and Marina rush into the streets of the monster city, together they are ready for any danger, they do not fear a thing. The salmon bike can be any animal, one of Genghis Khan's horses, a Bengal tiger, the last dinosaur that survived extinction. The dinosaur that now travels the cold streets of Bogotá towards the old cemetery, to look for the prehistoric fruit that proves its existence. They go up

and down, following the curvature of the hill on which the neighborhood rests, they fall, down the hill, they howl, they touch the ground with their hands, they scream, they celebrate. The pack of children has recovered their leader, that never was Fabio, but was always the bicycle.

From so much surrendering to the fall, with arms wide open and eyes closed, the bicycles have arrived at the old cemetery, the resting place of machines that must rest somewhere when they are not moving. There are more buses than Fabio can count, all painted white, all resisting change with a sad blue sign that signals their fate.

The cemetery was also provisional.

The pack's bikes look tiny next to the metal monsters but none of them are afraid. They are together and that is the only thing that matters, it's more than they had yesterday. Fabio, for his part, has very few certainties, so few that he can count them on the fingers of one hand.

However, the only thing he needs right now is his pinkie finger, a simple but infallible truth: Roberto doesn't like cleaning his bus.

Somewhere in the parking lot rests Fabio's father's huge and provisional machine, with 10 prehistoric fruits still rolling on the floor.

"Inside one of these buses is a yellow dinosaur egg," Fabio yells at the pack, remembering the authority of the wind battalion, "and we need to find it."

Against all odds and for the first time since Fabio has, and does not have, memory, the feet of the children of the pack touch the ground. Pablo takes a piece of scrap metal, an old bumper from an old bus, and uses it as a lever to open the doors of the machines. Guadalupe decides to climb the roofs, accessing the vehicles from the skylights. Carmen trusts her smell and closes her eyes when entering each bus to detect the bitter odor of egg rot. Fran, braver than ever, crawls across the bus floor and puts his hands

between the seams of the seats, finding coins, dirt, and photos of documents that the residents of Bogotá left behind—things they hide as proof they exist because they fear being forgotten.

Alex yells from the back of the parking lot, he has found Roberto's bus. He opens the folding door with difficulty, he climbs the stairs of the bus and inside the driver's cab, behind the brake pedal, he finds a pitaya the color of the sun, dying.

Walking on his two legs and with a fruit in his hands, Alex proudly approaches the friend whom he believed he had lost. Fabio also walks over to Alex and hugs him, and Alex fears losing him again.

With the rhythm of the breath of the monster, the pack goes back up the hill, from the old cemetery to Alicia's house. Fabio has the fruit in his hands and Marina stands on the pedals to propel and support the weight of prehistory. The pack arrives at Alicia's house and it seems that all the neighbors have come ahead to greet them. The

inhabitants of the neighborhood flood the street, they've come to witness the verification of prehistory, thinks Fabio, the proof that the sea exists.

"Fabio, where were you, I was looking for you." Ana has a new voice, that's not the voice of his mother, Fabio doesn't remember it like that.

"I'm coming, Mom, I have to show Alicia this pitaya." Fabio jumps off the bike without any effort, he throws himself towards the crowd of people whispering sadly, still holding the fruit in his hands, making his way between the people, until on his shoulders the sturdy hands of his father stop him.

"You won't be able to visit Alicia, Fabio." His father already said that, he had already told him, his father had told him and Fabio hadn't believed him.

Fabio turns around, Ana is crying, the pack looks at him in the distance, each one with their own bicycle in their hands, with their feet on the ground. A knot begins to weave

in Fabio's throat, a lump of fluff resembling a speck that could well be part of the altar of some saint. Fabio doesn't recognize his mother, whose name is Ana and who does not cry, who makes bread and does not cry, who sings bachata and does not cry. Fabio has never seen her cry before.

"Why? Why can't I see Alicia?"

"She left, Fabio, she's gone," says his mother, once again with that voice. Fabio does not believe her; he does not believe the voice of tears. He sneaks between the neighbors' legs and manages to slip in, still with the pitaya in hand, to Alicia's house. The furniture is in the same place it was the last time Fabio saw her. Dust flies slowly across the room as if the air could hold it, Saint Atanasio lies motionless on the middle table, in a sea of fluff that will grow no longer. Nothing has changed places yet nothing has a reason to be, no mosquito net, no fan makes sense.

The spores remain immobile in the air, waiting for someone to catch them.

Fabio leaves Alicia's house, yells at his mother and tries to pass through the multitude of bodies that repeat softly, *Mamalicia*, they cry, *the mother*, they say. They don't let Fabio move. *She left us; our mother left us.*

"But she was waiting for me, she wasn't going to move. Where did she go?"

Ana hesitates, kneels in front of Fabio, looks in his eyes, and doubts again.

"To the sea ... Alicia went to the sea with her husband."

"Words," Fabio says, so softly that he doesn't know whether he says it or just thinks it. The rotten pitaya rolls once more on the ground; from it, a dinosaur will never be born.

The pack's bikes lie flat on the concrete. Marina has put the salmon bike aside and seems to understand, perhaps better than Fabio, what is going on. Allergy maps grow on her face from the sun. Water from her dams breaks and from them rivers spring forth that are also proof of the sea.

They all cry; the street has become a carnival of salt water. If Alicia has not gone to the sea, the sea has come to her, only to find her gone.

Fabio needs to move, to do it fast and without effort. He takes the bicycle that no longer belongs to anyone, he places one foot on the pavement and the other on the pedal, Fabio doesn't think about remembering, Fabio doesn't think. He pushes down on the ground and propels himself, pedals, the handlebar shakes, the front wheel moves like it wants to roll off the bike. He circles the park, passes through the fruit stand, you can see the doors open and abandoned from each of the houses to which he has delivered bread, they are empty. He comes down the hill to the old cemetery and where the neighborhood ends, Fabio keeps pedaling. Another street ahead, again the city. Up and down hills of narrow streets and then wide, he wants to reach the end. He wants it to end. He crosses stone and pavement and keeps pedaling. Bogotá grows without patience and Fabio,

as small as he is, no longer listens to the noise of the neighbors, there is only the rumor of the bicycle, there is only the breath of the monster that devours him, street after street, after street, in a city that does not stop building, that does not end.

There goes Fabio with the bicycle, fast Fabio, Fabio, are you leaving?

Fabio, you have gone.

Alejandra Algorta is a writer and editor from Bogotá. She was born in a bathtub, on a Wednesday at dawn, before the doctor could arrive. Since then, her body longingly searches to return to the water. Algorta is the founder and editor of the poetry publishing house Cardumen.

Neverforgotten is her debut novel.

ABOUT THE ILLUSTRATOR
Iván Rickenmann is a painter and professor from Bogotá who has exhibited his work worldwide. He is particularly interested in abandoned spaces that allow you to witness the passage of time.

This is his first book for children.

ABOUT THE TRANSLATOR

Aida Salazar is the author of the verse novels *The Moon Within*, winner of the International Latino Book Award, and *Land of the Cranes*, winner of a NCTE Charlotte Huck Award Honor. She is a founding member of Las Musas. She lives with her family of artists in a teal house in Oakland, California.

Neverforgotten is her first novel translation.

SOME NOTES ON THIS BOOK'S PRODUCTION

The art for the interior was created by Iván Rickenmann with charcoal on paper, whose warm tones and intensity were used to evoke old photographs and memory. The text was set by Richard Oriolo in Amasis MT, a serif created by English type designer Ron Carpenter for Monotype in the 1990s. The display was set in Avenir LT, a sans serif made by Swiss designer Adrian Frutiger in 1988. The word Avenir means "future" in French, perhaps giving homage to a past sans serif, Futura. The book was printed on FSC™-certified 120gsm UPM woodfree paper and bound in China.

Production was supervised by Leslie Cohen and Freesia Blizard
Book jacket and case designed by Derek Abella and Jade Broomfield
Book interiors designed by Richard Oriolo
Edited by Nick Thomas

LQ

ALGUNAS NOTAS SOBRE LA PRODUCCIÓN DE
ESTE LIBRO

El arte interior fue creado por Iván Rickenmann con carbonilla sobre papel, cuyos tonos cálidos e intensidad se usaron para evocar fotografías viejas y recuerdos. La composición del texto estuvo a cargo de Richard Oriolo y se realizó en Amasis MT, una tipografía con serifa creada por el tipógrafo inglés Ron Carpenter para Monotype en los años 90. Las páginas iniciales y finales se realizaron en Avenir LT, una tipografía sin serifa realizada por el diseñador suizo Adrian Frutiger en 1988. La palabra *Avenir* significa "futuro" en francés, quizás un homenaje a Futura, una antigua tipografía sin serifa. Este libro se imprimió en papel UPM libre de madera de 120 g certificado por FSC™ y fue encuadernado en China.

La producción fue supervisada por Leslie Cohen y Freesia Blizard
La cubierta y la chaqueta fueron diseñadas
por Derek Abella y Jade Broomfield
Los interiores del libro fueron diseñados por Richard Oriolo
Editado por Nick Thomas

LQ

ACERCA DEL ILUSTRADOR

Iván Rickenmann es un pintor y profesor de Bogotá que ha realizado exposiciones en todo el mundo. En especial, le interesan esos espacios abandonados que nos permiten ser testigos del paso del tiempo.

Es este su primer libro para niños.

ACERCA DE LA AUTORA

Alejandra Algorta es una escritora y editora de Bogotá.
Nació en una tina, un miércoles al amanecer, antes de que
llegara el médico. Desde entonces, su cuerpo ansía regre-
sar al agua. Algorta es fundadora y editora de la editorial
de poesía Cardumen.

Nuncaseolvida es su novela debut.

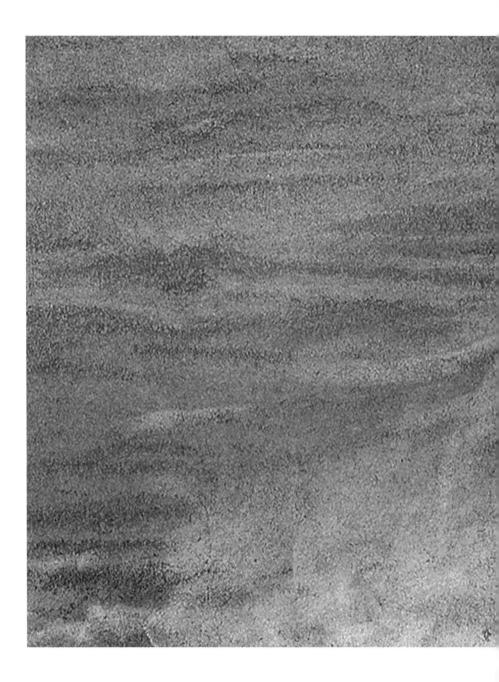